CUENTOS DE

JACK LONDON

Austral Cuentos

CUENTOS DE

JACK LONDON

Traducción
Javier Calvo

PEFC Certificado

Este libro procede de bosques gestionados de forma sostenible

PEFC

PEFC/14-38-00305 www.pefc.es

eBook DISPONIBLE

Títulos originales de los cuentos: *To the Man on Trail*, *The Law of Life*, *Bâtard*, *To Build a Fire*, *The Chinago* y *Koolau the Leper*

Diseño de la colección: Austral / Área Editorial Grupo Planeta
Ilustración de la cubierta: © Núria Just
Primera edición en Austral: mayo de 2024

Depósito legal: B. 6.489-2024
ISBN: 978-84-08-28827-5
Composición: Realización Planeta
Impresión y encuadernación: CPI Black Print
Printed in Spain - Impreso en España

Índice

Salud al hombre que está en el camino

—Échalo.

—Pero, Kid, ¿no crees que te estás pasando? El *whisky* y el alcohol ya son una mezcla explosiva, pero encima el coñac, la salsa de pimienta y...

—Échalo. ¿Quién está haciendo este ponche, eh? —Y Malemute Kid le dedicó una sonrisa benigna a través de las nubes de vapor—. Cuando lleves tanto tiempo como yo en estas tierras, hijo, y hayas sobrevivido siguiendo rastros de conejos y comiendo vísceras de salmón, entenderás que la Navidad solo es una vez al año. Y una Navidad sin ponche es como abrir un agujero en el lecho de roca y no encontrar ningún filón.

—Cárgalo bien, ya verás qué fiesta —dijo en tono de aprobación Big Jim Belden, que había bajado de su concesión en el Mazy May para pasar la Navidad, y que, como sabía todo el mundo, se había pasado los dos meses anteriores alimentándose de carne de alce a palo seco—. No os habéis olvidao del matarratas que les hicimos a los tanana, ¿verdá que no?

—Pues parece que sí. Chavales, os habría alegrado los corazones ver a aquella tribu entera peleando borracha, y todo gracias al fermento milagroso del azúcar y la masa madre. Tú no habías nacido —dijo Malemute Kid, dirigiéndose hacia Stanley Prince, joven minero experto que llevaba allí dos años—. En aquella época por aquí no había mujeres blancas, y Mason se quería casar. El padre de Ruth era el jefe de los tanana y la idea no le hacía ninguna gracia, ni tampoco al resto de la tribu. ¿Si cargué el ponche? Caray, usé mi última libra de azúcar; en ese sentido fue de lo mejorcito que he hecho en mi vida. Tendrías que haber visto la persecución, río abajo y cargando a ratos con las canoas.

—¿Y lo de la india? —preguntó Louis Savoy, el alto francocanadiense, interesándose porque había oído hablar de aquella aventura descabellada estando el invierno anterior en Forty Mile.

Y entonces Malemute Kid, que era un narrador nato, contó sin adorno alguno la historia del Lochinvar de las tierras del norte. Más de un curtido aventurero del norte sintió que aquello le tocaba la fibra sensible y experimentó una vaga nostalgia de los pastos soleados de las tierras del sur, donde la vida prometía algo más que un estéril combate con el frío y la muerte.

—Habíamos llegado al Yukon justo después de la primera bajada del hielo —concluyó—, y solo le llevábamos un cuarto de hora de ventaja a la tribu. Pero eso nos salvó, porque la segunda bajada del hielo rompió la obstrucción de encima y les cerró el paso.

Cuando por fin llegaron a Nuklukyeto, ya los estaba esperando el puesto entero. En cuanto a los esponsales, preguntadle al padre Roubeau, aquí presente: la ceremonia la ofició él.

El jesuita se sacó la pipa de los labios, pero solo pudo expresar su satisfacción por medio de sonrisas patriarcales, mientras protestantes y católicos aplaudían con vigor.

—¡Voto a bríos! —exclamó Louis Savoy, que parecía cautivado por el romanticismo de todo aquello—. *La petite squaw; mon Mason brav*. ¡Voto a bríos!

Y entonces, cuando empezaron a circular de mano en mano los primeros tazones de latón con ponche, Bettles el Insaciable se puso en pie de golpe y entonó su canción tabernaria favorita:

Henry Ward Beecher está
con mil meapilas detrás
bebiendo una triste infusión;
mas no te quepa duda
que si miras con lupa
verás que es destilado
de la prohibida fruta.

¡De la prohibida fruta!

Y bramó el coro de la bacanal:

¡Mas no te quepa duda
que si miras con lupa
verás que es destilado
de la prohibida fruta!

El temible brebaje de Malemute Kid surtió efecto; los hombres de los campamentos y las rutas se relajaron como resultado de su amable calor, y circularon en torno a la mesa las bromas, las canciones y los relatos de aventuras pasadas. Extranjeros de una docena de tierras distintas brindaron por igual. El inglés, Prince, brindó por «el Tío Sam, ese precoz infante del Nuevo Mundo»; el yanqui, Bettles, bebió por «la reina, que Dios la bendiga», y al alimón, Savoy y Meyers, el mercader alemán, entrechocaron sus tazas por Alsacia y Lorena.

Por fin Malemute Kid se puso de pie, taza en mano, y echó un vistazo a la ventana de papel engrasado, donde se acumulaban casi diez centímetros de hielo.

—Salud al hombre que está en el camino esta noche —dijo—; que le alcance la comida; que los perros le protejan las piernas; que nunca les falte el fuego a sus cerillas.

¡Chas! ¡Chas! Oyeron la música familiar del látigo, los aullidos lastimeros de los perros malemute y el crujido de un trineo que se acercaba a la cabaña. Las conversaciones languidecieron mientras esperaban al recién llegado.

—Es un veterano; se ocupa primero de sus perros y después de sí mismo —le susurró Malamute Kid a Prince, mientras escuchaban las dentelladas, los gruñidos lobunos y los gañidos de dolor que proclamaban ante sus oídos avezados que el desconocido estaba manteniendo a raya a los perros de los demás mientras alimentaba a los suyos.

Por fin llegaron los esperados golpes en la puerta, bruscos y decididos, y entró el desconocido. Deslumbrado por la luz, vaciló un momento en la puerta, dándoles a todos la oportunidad de escrutarlo. Era un personaje imponente, y también pintoresco, con su atuendo ártico de lana y pieles. Debía de medir metro noventa, con una anchura de espaldas y un pecho fornido proporcionales, y la mordedura del frío le había dejado la cara bien afeitada de un rosa reluciente; tenía cubiertas de hielo blanco las largas pestañas y las cejas, llevaba un poco levantadas las orejeras y el protector de cuello de su enorme gorro de piel de lobo y parecía verdaderamente el Rey Escarcha, recién salido de la noche. Abrochado por encima del chaquetón de lana lucía un cinturón de cuentas con dos revólveres Colt de gran tamaño y un cuchillo de caza, y en las manos empuñaba, además del inevitable látigo para los perros, un rifle de pólvora sin humo del calibre más grande y del último modelo. Cuando echó a andar, por mucho que sus pasos fueran firmes y elásticos, todos pudieron ver que la fatiga le pesaba considerablemente.

Se había hecho un silencio incómodo, pero su cordial «¿qué se celebra, muchachos?» tranquilizó enseguida a los presentes, y al cabo de un instante Malamute Kid y el recién llegado ya se habían dado un apretón de manos. Aunque no se habían conocido en persona, habían oído hablar el uno del otro, y el reconocimiento fue mutuo. Antes de que el viajero pudiera explicar qué lo traía allí, fue agasajado con una presentación general y un tazón de ponche.

—¿Cuánto hace que pasó ese trineo de canasta con tres hombres y ocho perros? —preguntó.

—Te llevan dos días justos de ventaja. ¿Les vas detrás?

—Sí; son mis perros. Me los robaron delante de mis narices, los cabrones. Ya les he recortado la ventaja en dos días; los alcanzaré en el próximo trecho.

—¿Crees que te darán batalla? —preguntó Belden, a fin de seguir la conversación, porque Malemute Kid ya tenía la cafetera en el fuego y estaba ocupado friendo beicon y carne de alce.

El desconocido dio un golpecito significativo a sus revólveres.

—¿Cuándo saliste de Dawson?

—A las doce en punto.

—¿De anoche? —Era una pregunta retórica.

—De hoy.

Recorrió el círculo un murmullo de sorpresa. Y no era para menos, porque acababa de dar la medianoche, y recorrer en doce horas ciento veinte kilómetros de agreste pista fluvial no era moco de pavo.

La conversación no tardó en volverse impersonal, sin embargo, y viró hacia los avatares de la infancia. Mientras el joven desconocido se comía la rudimentaria cena, Malemute Kid le examinó el rostro con atención. No tardó en decidir que era un rostro agradable, honrado y franco, y que le caía bien aquel individuo. Aunque no había dejado atrás la juventud, sus arrugas habían sido trazadas con firmeza por el esfuerzo y las penurias. Vivaces cuando conversaba, y apacibles en los momentos de reposo, los ojos azules prometían pese a todo el duro destello del acero cuando era necesario pasar a la acción, sobre todo en condiciones adversas. La mandíbula fuerte y el mentón cuadrado transmitían pertinacia e indomabilidad. Y pese a estar presentes los atributos del león, tampoco faltaba esa blandura evidente, ese asomo de feminidad, que delataban una naturaleza emotiva.

—Y así fue como la parienta y yo nos arrejuntamos —dijo Belden, concluyendo la emocionante historia de su cortejo—. «Aquí estamos, padre», dijo ella. «Y condenada seas», le dijo su padre, y después se dirigió a mí. «Y tú, Jim, sal a esas tierras de ahí fuera. Quiero que esté arada la mayor parte de esas veinticinco fanegas antes de la cena.» Y luego se giró hacia ella y le dijo: «Y tú, Sal, tú te encargas de los platos». Y soltó un bufido y le dio un beso. Y me quedé la mar de contento, pero él me vio y me soltó un berrido: «¡Andando, Jim!». Y salí corriendo pa'l establo.

—¿Tienes críos en Estados Unidos? —preguntó el desconocido.

—No; Sal se murió antes de tenerlos. Por eso estoy aquí. —Belden se puso a encenderse la pipa con aire abstraído, aunque no se le había apagado, y por fin dijo en tono animado—. ¿Y tú qué, viajero? ¿Estás casao?

A modo de respuesta, el recién llegado se abrió el reloj, lo sacó de la correa que le servía de cadenilla y se lo pasó. Belden cogió la candela de aceite, examinó el interior del estuche del reloj con expresión crítica y, soltando una palabrota de admiración por lo bajo, se lo dio a Louis Savoy. Habiendo exclamado varias veces «¡diantre!», por fin Savoy se lo entregó a Prince, y todos vieron que a este le temblaban las manos y que se le humedecían de forma peculiar los ojos. Y así fue pasando, de mano encallecida a mano encallecida, la fotografía montada en el estuche de una mujer, de esas zalameras que les gustan a ese tipo de hombres, con un bebé en el regazo. Quienes todavía no habían presenciado el prodigio estaban llenos de curiosidad; quienes ya lo habían visto se quedaron callados y meditabundos. Podían afrontar las punzadas del hambre, el ataque del escorbuto o la muerte rauda del campo abierto y las inundaciones; pero el retrato de una mujer desconocida con su criatura los convertía a todos en mujeres y criaturas.

—Al crío todavía no lo he visto nunca; es niño, me dice ella, y tiene dos años —dijo el desconocido mientras le devolvían el tesoro. Se lo quedó mirando un momento más y por fin cerró el estuche y se giró, aunque no lo bastante deprisa como para esconder las lágrimas que intentaba refrenar.

Malemute Kid lo llevó hasta un camastro y lo invitó a acostarse.

—Despertadme a las cuatro en punto. No me falléis —fueron sus últimas palabras, y al cabo de un momento ya estaba respirando con esa pesadez del sueño exhausto.

—¡Por Dios! Tiene agallas, el chaval —comentó Prince—. Tres horas de sueño después de ciento veinte kilómetros con los perros y de vuelta al camino. ¿Quién es, Kid?

—Jack Westondale. Lleva ya casi tres años por

aquí, sin nada más que su fama de trabajar como un caballo y un cargamento de mala suerte a sus hombros. No lo conocía en persona, pero Sitka Charley me había hablado de él.

—Qué desgracia que un hombre con una mujer joven y dulce como esa tenga que pasarse la vida en este agujero dejado de la mano de Dios, donde cada año cuenta como dos.

—Su problema son las puras agallas y la testarudez. Dos veces ha estado a punto de retirarse con una buena tajada, pero las dos veces lo ha perdido todo.

Llegado este punto la conversación se vio interrumpida por un bramido de Bettles, a quien se le había empezado a pasar el efecto de la visita. Y enseguida el recuerdo de los lúgubres años de comida monótona y trabajo demoledor dio paso a la tosca diversión. Solo Malemute Kid parecía incapaz de entregarse al esparcimiento, y no paraba de echar miradas nerviosas a su reloj. En un momento dado se puso los mitones y el gorro de piel de castor, salió de la cabaña y fue a rebuscar entre las provisiones.

Tampoco pudo esperar a la hora indicada, sino que fue a despertar a su invitado con quince minutos de antelación. El joven invitado se había quedado tieso, y fue necesario darle unas friegas vigorosas para que se pusiera de pie. Salió dando tumbos doloridos de la cabaña y se encontró a los perros ya en el arnés y todo listo para partir. La compañía le deseó buena suerte y una persecución corta, mientras que el padre Roubeau lo bendijo a toda prisa y encabezó la estampida de regreso al interior de la cabina;

y no es de extrañar, porque no es agradable enfrentarse a sesenta grados bajo cero con las orejas y las manos desnudas.

Malemute Kid lo acompañó hasta el camino principal, y allí, con un fuerte apretón de manos, le dio sus consejos:

—Encontrarás cincuenta kilos de huevas de salmón en el trineo —dijo—. Los perros te aguantarán tanto con eso como con setenta y cinco de pescado, y en Pelly no encontrarás comida de perro, como ya te imaginarás. —El desconocido tuvo un sobresalto y se le iluminaron los ojos, pero no lo interrumpió—. No encontrarás ni un gramo de comida para perro ni para hombre hasta que llegues a Five Fingers, y eso queda a trescientos kilómetros largos. Cuidado con los tramos deshelados en el río Thirty Mile, y asegúrate de coger el atajo principal después de pasar Le Barge.

—¿Cómo lo has sabido? No puede ser que me preceda la noticia...

—No lo sé; y, es más, no lo quiero saber. Pero ese tiro de perros que persigues no es tuyo. Se lo vendió a esos tipos Sitka Charley la primavera pasada. Pero Charley me dijo una vez que eras un tipo decente y le creo. Te he visto la cara y me caes bien. Y he visto... en fin, maldita sea, encuentra la fortuna que buscas y reúnete con esa mujer tuya, y... —Llegado este punto, Kid se quitó el mitón y sacó su bolsa.

—No, no me hace falta —dijo el joven, y las lágrimas se le congelaron en las mejillas mientras le estrechaba convulsivamente la mano a Malemute Kid.

—Pues no des descanso a los perros; en cuanto caigan rendidos, sácalos de los arneses; compra otros, creo que los puedes conseguir a veinte dólares el kilo. Los conseguirás en Five Fingers, en Little Salmon y en el Hootalinqua. Y ten cuidado con los pies mojados —fue su consejo de despedida—. Sigue adelante si no estás por debajo de los cuatro grados bajo cero, pero si estás por debajo, enciende una hoguera y cámbiate de calcetines.

Apenas habían pasado quince minutos cuando un tintineo anunció que llegaba alguien más. Se abrió la puerta y entró un policía montado del territorio noroeste, seguido de dos conductores de trineo mestizos. Igual que Westondale, iban fuertemente armados y mostraban señales de fatiga. Los mestizos habían sido criados para el camino y lo soportaban con facilidad; pero el joven policía estaba completamente agotado. Aun así, la terca obstinación de su raza lo obligaba a mantener el ritmo que se había impuesto, y lo seguiría haciendo hasta que cayera redondo.

—¿Cuándo ha salido Westondale? —preguntó—. Ha parado aquí, ¿verdad? —La pregunta estaba de más, porque los rastros le contaban la historia con todo lujo de detalle.

Malemute Kid intercambió una mirada con Belden, que, oliendo el percal, dio una respuesta evasiva:

—Ya hace bastante.

—Venga, amigo; dímelo —lo reprendió el policía.

—Parece que tenéis muchas ganas de cogerlo. ¿Ha estado alborotando por Dawson?

—Le ha estafado cuarenta mil dólares a Harry McFarland; los ha canjeado en el economato por un cheque contra un banco de Seattle; ¿y quién le va a impedir que lo cobre si no lo alcanzamos? ¿Cuándo se ha ido?

Todas las miradas reprimieron su excitación, porque Malemute Kid les había hecho una señal, y el joven policía se encontró caras inexpresivas allí donde mirara.

Se acercó dando zancadas a Prince y le formuló la pregunta. Aunque le dolió mirar a la cara honesta y franca de su compatriota, este dio una respuesta intrascendente sobre las condiciones del camino.

Luego atisbó al padre Roubeau, que no podía mentir.

—Hace un cuarto de hora —contestó el sacerdote—. Pero ha tenido cuatro horas para descansar, él y sus perros.

—¡Quince minutos de ventaja y está descansado! ¡Dios mío! —El pobre tipo se tambaleó hacia atrás, medio desmayado por el agotamiento y la decepción, murmurando que habían hecho todo el trayecto desde Dawson en diez horas y que los perros estaban a punto de desfallecer.

Malemute Kid le puso una taza de ponche en la mano; luego se dirigió a la puerta y ordenó a los conductores de trineo que lo siguieran. Pero el calor y la promesa del descanso eran una tentación demasiado grande, y los conductores protestaron con vigor.

Kid dominaba su *patois* francés y se dedicó a escucharlos con nerviosismo.

Juraban que los perros ya no daban para más; que a Siwash y a Babette habría que pegarles un tiro antes de que recorrieran el primer kilómetro; que el resto estaban casi igual de mal; y que sería mejor que descansaran todos.

—¿Me puedes prestar cinco perros? —preguntó el policía, dirigiéndose a Malamute Kid.

Pero Kid negó con la cabeza.

—Te firmaré un cheque por valor de cinco mil dólares en nombre del capitán Constantine... Aquí tienes mis documentos; estoy autorizado para usar fondos a mi discreción.

Obtuvo de nuevo una negativa silenciosa.

—Pues entonces los requisaré en el nombre de la reina.

Con una sonrisa incrédula, Kid echó un vistazo a su copioso arsenal, y el inglés, consciente de su impotencia, echó a andar hacia la puerta. Pero los conductores de trineos seguían protestando, así que se giró hacia ellos y los llamó mujeres y perros. La cara morena del mestizo de más edad se ruborizó con furia mientras se levantaba y prometía en términos inconfundibles que iban a matar de agotamiento al líder de su tiro, y que entonces estaría encantado de dejarlo tirado en la nieve.

El joven oficial, haciendo acopio de toda su fuerza de voluntad, caminó con firmeza hacia la puerta, haciendo un despliegue de vigor que no poseía. Pero todos veían y apreciaban el esfuerzo orgulloso que estaba haciendo; y tampoco conseguía disimular las punzadas de agonía que le pasaban por la cara. Cubiertos de escarcha, los perros estaban encogidos en la nieve. Las pobres bestias gimieron bajo los restallidos del látigo, porque los conductores eran hombres crueles y estaban furiosos; hasta que le cortaron las correas a Babette, la líder, no pudieron sacar de allí el trineo y ponerse en marcha.

—¡Qué sucio granuja mentiroso!

—¡Por Dios, qué villano!

—¡Ladrón!

—¡Peor que un indio!

Saltaba a la vista que los hombres estaban furiosos; en primer lugar, por haber sido engañados; y en segundo, por aquella vulneración de la ética de las tierras del norte, donde la sinceridad por encima de todo era la mayor virtud de un hombre.

—Y le hemos echado una mano al desgraciado, aun sabiendo lo que había hecho.

Todas las miradas se estaban volviendo acusadoramente hacia Malemute Kid, que se levantó del rincón donde había puesto cómoda a Babette y vació en silencio el cuenco para preparar una última ronda de ponche.

—La noche es fría, muchachos... fría de verdad —fue el irrelevante inicio de su defensa—. Todos habéis viajado por estos caminos y sabéis lo que eso representa. No ataquéis a un perro cuando ya está abatido. Solo habéis oído una versión de los hechos. Nunca un hombre más honrado que Jack Westondale comió de la misma olla ni compartió una manta con vosotros ni conmigo. El otoño pasado le dio a Joe Castrell toda su liquidación, cuarenta mil dólares, para que comprara acciones de la Dominion. Hoy sería millonario. Pero mientras él se quedaba en Circle City, cuidando a un compañero suyo que estaba con escorbuto, ¿qué hizo Castrell? Pues se fue al casino de McFarland, arriesgó más de lo que debía y perdió la fortuna entera. Lo encontraron muerto en la nieve al día siguiente. Y entretanto el pobre Jack haciendo planes para volver este invierno con su mujer y con el crío al que no ha visto nunca. Fijaos en que se ha llevado exactamente lo que perdió su compañero: cuarenta mil. En fin, se ha ido; ¿y qué vais a hacer al respecto?

Kid recorrió con la mirada el círculo de sus jueces, reparó en que habían suavizado las expresiones y levantó su taza para brindar.

—Así pues, salud al hombre que está en el camino esta noche; que le alcance la comida; que los perros le protejan las piernas; que nunca les falte fuego a sus cerillas. Que Dios le dé prosperidad, que lo acompañe la suerte y...

—¡Y Dios confunda a la policía montada! —gritó Bettles, entre el estrépito de las tazas vacías.

Ley de vida

El viejo Koskoosh escuchó con avidez. Aunque ya hacía tiempo que había perdido la vista, conservaba un oído agudo, y los sonidos más débiles todavía penetraban hasta aquella inteligencia vivaz que residía detrás de la frente arrugada, por mucho que ya no contemplara las cosas del mundo. ¡Ah! Allí estaba Sit-cum-to-ha, maldiciendo con voz estridente a los perros mientras los metía a golpes y empujones en los arneses. Sit-cum-to-ha era la hija de su hija, pero estaba demasiado ajetreada para mostrar ninguna consideración hacia su vencido abuelo, sentado allí solo en la nieve, abandonado e indefenso. Había que levantar el campamento. Los aguardaba un largo camino y el día era corto y se negaba a esperar. A su nieta la llamaban la vida y los deberes de la vida, no la muerte. Y él ya se encontraba muy cerca de la muerte.

La idea le causó al anciano un pánico momentáneo, y estiró una mano paralítica para palpar temblorosamente el montoncito de leña seca que tenía al lado. Tras comprobar que seguía allí, devolvió la mano al cobijo de sus pieles mugrientas y se dedicó a escuchar otra vez. El crepitar huraño de los pellejos medio congelados le indicó que a la tienda de piel de alce del jefe le había llegado el turno de ser desmantelada y embutida para caber en los trineos. El jefe no era otro que su hijo, un hombre robusto y fuerte, líder de la tribu y magnífico cazador. Mientras las mujeres cargaban con los bultos del campamento, su hijo levantó la voz y las reprendió por su lentitud. El viejo Koskoosh aguzó el oído. Era la última vez que oiría aquella voz. ¡Adiós a la tienda de Geehow! ¡Y a la de Tusken! Siete, ocho y nueve; solo podía quedar de pie la del chamán. ¡Y ya estaba! Se acababan de poner a trabajar en ella. Oyó que el chamán gruñía mientras la amontonaban sobre el trineo. Un niño lloriqueó y una mujer lo calmó con un canturreo gutural suave. El pequeño Koo-tee, pensó el viejo; un niño nervioso, y no muy fuerte. Quizás no tardaría en morir, y entonces abrirían un hoyo con fuego en la tundra helada y amontonarían rocas encima para mantener a raya a los glotones. En fin, ¿qué importaba? Duraría unos cuantos años, como mucho, y con la panza vacía tantas veces como llena. Y al final esperaba la muerte, siempre hambrienta y más hambrienta que nadie.

¿Qué era eso? Ah, los hombres amarrando los trineos y tensando las correas. Escuchó aquel que pronto dejaría de escuchar. Los látigos gruñían y mordían entre los perros. ¡Cómo gemían aquellos animales! ¡Cómo odiaban el trabajo y el camino!

Por fin empezaron a marcharse. Trineo tras trineo, adentrándose lenta y fatigosamente en el silencio. Hasta que ya no estaban. Se habían marchado de su vida, y ahora él afrontaba a solas el aciago final. No. La nieve crujió bajo un mocasín; había un hombre de pie frente a él; una mano se apoyó suavemente sobre su cabeza. Era un gesto de buen hijo. Se acordó de otros ancianos cuyos hijos no se habían quedado esperando tras marcharse la tribu. Pero su hijo sí. Se le fue la cabeza al pasado, hasta que la voz del joven lo trajo de vuelta.

—¿Estás bien? —le preguntó.

Y el viejo contestó:

—Estoy bien.

—Tienes leña al lado —siguió diciendo el joven— y el fuego arde bien. La mañana es gris y ha llegado el frío. Pronto nevará. Ya está nevando ahora.

—Sí, ya está nevando.

—La tribu va con prisas. Su carga es pesada y sus vientres están planos por la falta de comida. El camino es largo y se están yendo deprisa. Debo irme. ¿Te parece bien?

—Me parece bien. Soy como una hoja del año anterior que se agarra débilmente al tallo. Con el primer aliento que sople, me caeré. La voz se me ha puesto como la de una anciana. Mis ojos ya no me muestran adónde me llevan los pies, y los pies me pesan y estoy cansado. Me parece bien.

Inclinó la cabeza para mostrar su consentimiento hasta que se hubo apagado el último ruido de la quejumbrosa nieve, y entonces supo que su hijo ya no estaba. A continuación extendió apresuradamente la mano para tocar la leña. Era lo único que le separaba de la eternidad que se le echaba encima. En aquel último momento, la medida de su vida era un puñado de fardos de leña. Uno a uno, alimentarían el fuego, y de esa forma, paso a paso, la muerte lo alcanzaría. Cuando el último palo hubiera entregado su calor, la escarcha empezaría a cobrar fuerza. Primero se adueñaría de sus pies, después de sus manos, y por fin el entumecimiento se le propagaría despacio de las extremidades al cuerpo. La cabeza se le desplomaría sobre las rodillas y finalmente descansaría. Era fácil. Todos los hombres deben morir.

No se quejaba. La vida era así, y era justo. Había nacido cerca de la tierra, había vivido cerca de la tierra y su ley no le resultaba nueva. Era la ley de la carne. La Naturaleza no era amable con la carne. No le interesaba aquella cosa concreta llamada individuo. Su interés radicaba en la especie, en la raza. Aquella era la abstracción más profunda de la que era capaz una mente bárbara como la del viejo Koskoosh, pero poseía una comprensión firme de ella. La veía ejemplificada en toda vida. El crecimiento del arbusto, el verdor repentino del brote del sauce, la caída de la hoja amarillenta: en aquellas cosas ya estaba narrada la historia entera. Pero había una tarea que la Naturaleza sí le imponía al individuo. Si este no la llevaba a cabo, moría. Si la llevaba a cabo, moría de todas maneras. A la Naturaleza no le importaba; no faltaban quienes la obedecieran en aquello, y era únicamente la obediencia en aquella cuestión —y no los obedientes— la que vivía y perduraba siempre. La tribu de Koskoosh era muy antigua. Los viejos a los que había conocido de niño habían conocido a otros viejos anteriores. Por consiguiente, era cierto que la tribu vivía, y que representaba la obediencia de todos sus miembros, remontándose hasta un pasado olvidado, cuyos lugares de reposo no se recordaban. Tampoco importaban; eran simples episodios. Se habían disipado como nubes de un cielo estival. También él era un episodio y se disiparía. A la Naturaleza no le importaba. A la vida le imponía una sola tarea y una única ley. La tarea de la vida era perpetuarse y su ley era morir. Una muchacha era una criatura agradable a la vista, fuerte y provista de pechos llenos, pasos ágiles y ojos luminosos. Pero todavía tenía pendiente su tarea. Le centelleaban los ojos, andaba con paso ágil, se mostraba descarada con los muchachos y al momento siguiente tímida, y les contagiaba parte de su agitación. Y cada vez se iba volviendo más bonita, hasta que algún cazador, incapaz de contenerse más, se la llevaba a su tienda para que le cocinara y trabajara para él y se convirtiera en la madre de sus hijos. Y con la llegada de su descendencia, la belleza la abandonaba. Las piernas se le volvían pesadas, los ojos se le apagaban y se le nublaban y solo los chiquillos obtenían alegría de la mejilla marchita de aquella vieja que atendía al fuego. Ya había cumplido su tarea. Solo faltaba un poco para que, con el primer asomo del hambre en el primer camino largo, la dejaran atrás en la nieve, como lo acababan de dejar a él, con un montoncito de leña. Era la ley.

Colocó una ramita con cuidado en el fuego y reanudó sus meditaciones. Lo mismo pasaba en todas partes y con todas las cosas. Los mosquitos desaparecían con las primeras heladas. La pequeña ardilla trepadora se retiraba para morir. Cuando la edad avanzada se imponía al conejo, este se volvía lento y pesado, y ya no podía escapar de sus enemigos. Incluso el gran oso de cara pelada se tornaba torpe y ciego y pendenciero, y terminaba siendo abatido por un puñado de perros *husky* chillones. Se acordó de cómo había abandonado también él a su padre un invierno, en un tramo alto del Klondike, el invierno antes de que llegara el misionero con sus libros parlantes y su caja de medicinas. Muchas veces se había relamido Koskoosh al acordarse de aquella caja, aunque ahora su boca se negaba a humedecerse. El «calmante» le había parecido especialmente útil. Pero a fin de cuentas el misionero era un incordio, porque no traía carne al campamento y comía con buen apetito, y los cazadores se quejaban. Pero se le helaron los pulmones en la divisoria del Mayo, y después los perros apartaron las piedras con el hocico y se pelearon por sus huesos.

Koskoosh echó otra ramita al fuego y se retrajo a un pasado más lejano. A los tiempos de la Gran Hambruna, cuando los viejos se encogían con las panzas vacías junto al fuego y dejaban caer de sus labios tradiciones vagamente recordadas de los viejos tiempos en que las aguas del Yukon habían bajado durante tres inviernos y luego el río se había pasado tres veranos helado. En aquella hambruna había perdido a su madre. En verano los salmones no habían migrado, y la tribu había esperado el invierno y la llegada del caribú. Y había llegado el invierno, sí, pero no había aparecido el caribú. Era algo que no se había visto jamás, ni siquiera en vida de los más viejos. Pero el caribú siguió sin venir, y ya era el séptimo año, y los conejos tampoco tuvieron sus camadas, y los perros no eran más que sacos de huesos. Y durante aquella larga noche los niños lloraron y murieron, y también las mujeres, y los ancianos, y menos de uno de cada diez miembros de la tribu sobrevivió para recibir al sol cuando regresó en primavera. ¡Aquello sí que fue una hambruna!

Pero también había vivido épocas de abundancia, cuando la carne se les estropeaba en las manos, y los perros estaban gordos y echados a perder de tanto comer; épocas en que dejaban que la caza se escapara y las mujeres eran fértiles y las tiendas estaban abarrotadas de niños y niñas creciendo. Luego fueron los hombres quienes se volvieron panzudos y cruzaron las sierras hacia el sur para matar a los pelly, y hacia el oeste para poder sentarse junto a las hogueras muertas de los tanana. Recordaba un tiempo de abundancia de su niñez en el que había visto a los lobos abatir a un alce. Zing-ha estaba tumbado en la nieve con él, mirando; Zing-ha, que más adelante se convertiría en el más hábil de los cazadores, y que terminaría cayéndose por un agujero en el hielo del Yukon. Lo encontraron un mes más tarde, tal como se había quedado cuando trepaba para salir, con medio cuerpo incrustado en el hielo.

Pero el alce... Aquel día Zing-ha y él habían salido a jugar a los cazadores, imitando a sus padres. En el lecho del arroyo dieron con el rastro fresco de un alce, acompañado de las huellas de muchos lobos.

—Es un ejemplar viejo —dijo Zing-ha, que leía rápidamente las señales—. Uno que ya no puede seguir a la manada. Los lobos lo han obligado a separarse de sus hermanos y ya no lo van a dejar.

Y estaba en lo cierto. Era la forma en que cazaban. Día y noche, sin descanso, gruñendo tras él y tirándole dentelladas al hocico, se dedicarían a hostigarlo hasta el final. ¡Cómo les despertó aquello su sed de sangre a Zing-ha y a él! ¡El final sería un espectáculo digno de verse!

Con paso ligero se pusieron a seguir el rastro, e incluso él, Koskoosh, lento de mirada y poco versado en rastrear, lo podría haber seguido a ciegas, de tan amplio que era. Continuaron su implacable persecución, leyendo la siniestra tragedia escrita en cada huella. Por fin llegaron al lugar donde el alce se había plantado para defenderse. La nieve estaba revuelta y pisoteada a lo largo de un área del triple de la longitud de un hombre en todas direcciones. En el medio había las huellas profundas del alce de pezuñas hendidas, y a su alrededor, por todas partes, las pisadas más livianas de los lobos. Algunos, mientras sus hermanos atosigaban a la presa, se habían tumbado a un lado para descansar. Las huellas de sus cuerpos reclinados en la nieve eran igual de perfectas que si las hubieran dejado un momento antes. Uno de los lobos se había visto atrapado por una acometida de la víctima enloquecida y aplastado a pisotones. Daban testimonio de ello unos cuantos huesos mondos.

Volvieron a detener el avance de sus raquetas para la nieve en el escenario de una segunda confrontación. Allí la enorme presa había luchado a la desesperada. En dos ocasiones había sido abatido, tal como atestiguaba la nieve, y en ambas se había sacudido de encima a sus atacantes y se había vuelto a poner en pie. Hacía mucho tiempo que ya había cumplido con su tarea, pero aun así se aferraba a la vida. Zing-ha dijo que era extraño que un alce abatido se volviera a liberar; pero estaba claro que aquel lo había hecho. El chamán vería señales y portentos en esto cuando se lo contaran.

Y por fin llegaron al lugar donde el alce había intentado remontar la ribera y llegar al bosque. Pero sus enemigos lo habían alcanzado desde detrás, obligándolo a retroceder y a echárseles encima, aplastando a dos de ellos sobre la nieve. Saltaba a la vista que la presa estaba al caer, porque sus hermanos los habían dejado intactos. Pasaron frente a dos confrontaciones más, breves y muy próximas entre sí. Ahora el rastro era rojo, y las zancadas de la gran bestia se veían más cortas y torpes. Por fin oyeron los primeros ruidos de la batalla; ya no el coro gutural de la persecución, sino unos ladridos bruscos y ásperos que hablaban de lucha cuerpo a cuerpo y a dentelladas. Con el viento en contra, Zing-ha se arrastró por la nieve, y a su lado lo imitó él, Koskoosh, que llegaría a ser jefe de la tribu en los años por venir. Los dos juntos apartaron las ramas bajas de una pícea joven y atisbaron. Lo que vieron fue el final.

La imagen, como sucede con todas las impresiones de la juventud, seguía nítida en su memoria, y sus ojos nublados volvieron a ver el final con tanta claridad como en aquel momento remoto. Koskoosh se maravilló de aquello, porque en tiempos posteriores, cuando era líder de los hombres y presidía los consejos, había protagonizado grandes hazañas que habían hecho que su nombre fuera una maldición en las bocas de los pelly, por no mencionar al extraño hombre blanco al que había matado en combate franco con cuchillos.

Pasó un largo rato meditando sobre sus días de mocedad, hasta que se apagó el fuego y la escarcha mordió con fuerza. Esta vez lo alimentó con dos palos y calculó lo que le quedaba de vida en base a la leña restante. Si Sit-cum-to-ha se hubiera acordado de su abuelo, y hubiera reunido una brazada un poco más grande, ahora a él le quedarían más horas. Todo resultaría más fácil. Pero siempre había sido una criatura descuidada, y había dejado de honrar a sus ancestros desde que Castor, hijo del hijo de Zing-ha, había reparado por primera vez en ella. En fin, ¿qué importaba? ¿Acaso no había hecho él lo mismo durante su impulsiva juventud? Se quedó un rato escuchando el silencio. Quizás a su hijo se le ablandara el corazón y regresara con los perros para llevarse a su padre con la tribu, allí donde el caribú abundaba y la grasa pendía de sus cuerpos.

Se esforzó por escuchar, con su inquieto cerebro momentáneamente en silencio. Nada, ni un susurro. Únicamente él respiraba en mitad del enorme silencio. Qué soledad. ¡Pero atención! ¿Qué había sido aquello? Un escalofrío le recorrió el cuerpo. Irrumpió en el vacío un aullido largo y familiar, y estaba cerca. A Koskoosh se le proyectó en los ojos cegados la visión del alce, aquel viejo alce macho, con los ijares desgarrados y los costados ensangrentados, la melena alborotada y las enormes astas ramificadas, abatido y embistiendo hasta el último momento. Vio las rápidas figuras grises, los ojos centelleantes, las lenguas colgantes, los colmillos goteando saliva. Y vio cerrarse el cerco inexorable hasta convertirse en un punto oscuro en mitad de la nieve pisoteada.

Le golpeó la mejilla un hocico frío, y, al sentir su contacto, el alma le regresó de golpe al presente. Le salió disparada la mano al fuego y sacó un leño de las llamas. Vencido momentáneamente por su miedo hereditario al hombre, la bestia se retiró, mandando una prolongada llamada a sus hermanos, que respondieron con avidez, hasta formarse un cerco de manchas grises agazapadas y de fauces babeantes. El viejo escuchó cómo se estrechaba el círculo. Agitó con brío su antorcha y los olisqueos se convirtieron en gruñidos; pero las bestias jadeantes se negaron a dispersarse. Ahora uno de ellos adelantó ligeramente el pecho y arrastró a continuación las patas traseras, seguido de un segundo, y de un tercero; pero ni uno de ellos se retiró. ¿Por qué debería aferrarse a la vida?, se preguntó, y tiró la antorcha encendida a la nieve, donde chisporroteó y se apagó. El círculo gruñó intranquilo, pero se mantuvo en su sitio. Koskoosh vio una vez más la batalla final del viejo alce y dejó caer la cabeza fatigada sobre las rodillas. A fin de cuentas, ¿qué importaba? ¿Acaso no era la ley de la vida?

Bâtard

Bâtard era un demonio. Esto era reconocido en todo el territorio del norte. «Engendro del Infierno», lo llamaban muchos, pero su dueño, Black Leclère, había elegido para él el vergonzoso nombre de «Bâtard». Black Leclère también era un demonio, y de hecho eran los dos tal para cual. Hay un dicho que reza que, cuando se juntan dos demonios, las consecuencias son infernales. Es de esperar, y ciertamente fue así cuando se juntaron Bâtard y Black Leclère. El día en que se conocieron, Bâtard era un cachorrillo a medio formar, flaco y hambriento, de ojos rencorosos; y se conocieron entre gruñidos y dentelladas al aire y miradas maliciosas, porque Leclère tenía el hábito lobuno de levantar el labio superior para enseñar los dientes blancos y crueles. Y ciertamente lo levantó, y le vino un centelleo cruel a los ojos, cuando estiró el brazo para sacar a rastras a Bâtard de la camada inquieta. Estaba claro que se reconocieron al instante, porque nada más verse Bâtard clavó sus colmillos de cachorro en la mano de Leclère, y Leclère, usando el índice y el pulgar, lo estranguló hasta dejarlo con un hilo de vida.

—*Sacredam* —dijo en voz baja el francés, sacudiéndose la sangre que le brotaba de la mano mordida y echando un vistazo al cachorrillo, que jadeaba medio asfixiado en la nieve.

Leclère se giró hacia John Hamlin, que regentaba el almacén del puesto comercial de Sixty Mile.

—Es pog eso que me cae bien. ¿Cuánto pide, monsieur? ¿Cuánto? Se lo compgo ahoga mismo. Se lo compgo ya.

Y debido a que lo odiaba con una rabia amarga y brutal, Leclère compró a Bâtard y le puso aquel nombre vergonzoso. Y durante cinco años, la pareja vivió sus aventuras por el territorio del norte, desde Saint Michael's y el delta del Yukon hasta los altos del Pelly, y también por lugares mucho más lejanos como el río Peace, Athabasca y el lago Great Slave. Y se ganaron una reputación de maldad inexorable, como ninguna otra que se hubiera atribuido nunca a un hombre y a un perro.

Bâtard no había conocido a su padre —de ahí su nombre—, pero John Hamlin sabía que había sido un enorme lobo gris de los bosques. En cambio, la madre de Bâtard, a juzgar por lo que recordaba vagamente de ella, había sido una *husky* pendenciera, hostil y obscena, de frente amplia, pecho fornido y mirada maligna; dotada de un apego gatuno a la vida y de un verdadero don para los engaños y las maldades. Carecía por completo de fe o de confianza. Solo su perfidia era de fiar, y sus amoríos en los bosques salvajes daban testimonio de su depravación general. Los progenitores de Bâtard habían hecho gala de grandes dosis de maldad y de fortaleza, y, siendo carne de su carne y sangre de su sangre, su hijo había heredado ambas cosas. Luego había llegado Black Leclère para atizar con fuerza la vida incipiente de aquel cachorro, amartillando, forjando y templándolo hasta convertirlo en una enorme bestia huraña, de bribonería aguda, rebosante de odio, siniestro, maligno y diabólico. De haber tenido un buen maestro, Bâtard podría haber sido un perro de trineo ordinario y bastante eficaz. Pero jamás se le presentó la ocasión: Leclère prácticamente lo confirmó en su iniquidad congénita.

La historia de Bâtard y Leclère es la historia de una guerra, de cinco años de crueldades implacables, de los cuales su primer encuentro constituye un buen sumario. De entrada, hay que culpar a Leclère, porque el hombre odiaba con entendimiento e inteligencia; en cambio, el cachorro desgarbado y de patas largas únicamente odiaba a ciegas, por instinto, sin razón ni método. Al principio no había refinamiento en la crueldad (llegaría más adelante), sino simples palizas y brutalidad tosca. En una de estas, Bâtard terminó con una oreja herida. Nunca recuperó el control de los músculos rotos, y ya de por vida la oreja le quedó colgando fláccidamente, como para mantener vivo el recuerdo de su torturador. Y nunca lo olvidó.

Su época de cachorro fue un periodo de rebelión insensata. Siempre acababa derrotado, pero aun así presentaba batalla porque esa era su naturaleza.

Y era inconquistable. Pese a sus chillidos de dolor bajo el látigo y la cachiporra, siempre se las apañaba para lanzar algún gruñido desafiante, alguna amenaza amarga y vengativa de su alma, que invariablemente le reportaba más golpes y palizas. Era el mismo apego tenaz a la vida que había tenido su madre. Nada lo podía matar. Florecía bajo los infortunios, engordaba con el hambre y a partir de su terrible lucha por la vida desarrolló una inteligencia preternatural. Su sigilo y su astucia eran los del *husky*, su madre, y su ferocidad y su valor eran los del lobo, su padre.

Quizás fuera por su padre que nunca lloriqueaba. Los gañidos de cachorro se le fueron junto con las patas desgarbadas, convirtiéndolo en un ser sombrío y taciturno, de ataque rápido y advertencia lenta. Respondía a los insultos con gruñidos y a los golpes con dentelladas, y entre una cosa y otra lucía su sonrisa de odio implacable. Aquella naturaleza inconquistable todavía alimentaba más la cólera de Leclère y lo movía a realizar mayores villanías.

Si Leclère le daba a Bâtard medio pescado y a sus compañeros pescados enteros, Bâtard respondía robando sus pescados a los demás. También robaba suministros y se expresaba en forma de un millar de diabluras, hasta acabar siendo un terror para todos los perros y dueños de perros. Si Leclère pegaba a Bâtard y acariciaba a Babette —que no trabajaba ni la mitad que él—, entonces Bâtard abatía a Babette sobre la nieve y le rompía la pata trasera con sus fauces enormes, lo que obligó a Leclère a matarla de un disparo. Asimismo, Bâtard subyugaba en sangrientos combates a todos sus compañeros de tiro, les imponía su ley en el camino y las comidas y los obligaba a vivir según la ley que les había impuesto.

En cinco años solo oyó una palabra amable y recibió una caricia, y cuando sucedió no entendió lo que eran. Saltó como la criatura indómita que era y cerró las fauces en un abrir y cerrar de ojos. Fue el misionero de Sunrise, recién llegado a aquellas tierras, quien le dijo la palabra amable y lo acarició con gentileza. Y a raíz de aquello se pasó seis meses sin escribir cartas a su familia de Estados Unidos, y el cirujano de McQuestion tuvo que viajar más de trescientos kilómetros por el hielo para salvarlo de una septicemia.

Hombres y perros miraban con idéntico recelo a Bâtard cuando este entraba en sus campamentos y puestos comerciales. Los hombres lo recibían levantando amenazadoramente los pies para asestarle una patada y los perros con el pelaje erizado y enseñando los colmillos. En una ocasión un hombre dio una patada a Bâtard, y Bâtard, con dentellada rauda de lobo, cerró las fauces como si fueran un cepo de acero en torno a la pantorrilla del hombre y se la destrozó hasta el hueso. Cuando el hombre se mostró decidido a quitarle la vida, únicamente Black Leclère se interpuso entre ellos, con mirada ominosa y el cuchillo de caza desenvainado. Matar a Bâtard... ah, *sacredam*, era un placer que Leclère se reservaba para sí mismo. Ya llegaría el día, o bien... ¡bah! ¿Quién podía saberlo? En cualquier caso, se acabaría el problema.

Porque ambos se habían vuelto un problema para el otro. El mero hecho de que uno respirara ya era un desafío y una amenaza para el otro. Su odio los unía con una fuerza con que no los habría unido el amor. Leclère estaba decidido a hacer que llegara el día en que a Bâtard le flaqueara el espíritu y se encogiera gimoteando a sus pies. Y en cuanto a Bâtard... Leclère sabía lo que tenía Bâtard en mente, y más de una vez se lo había leído en los ojos. Y con tanta claridad se lo había leído que cuando tenía a Bâtard detrás de él siempre se aseguraba de echar vistazos frecuentes por encima del hombro.

Los hombres se maravillaban cuando Leclère rechazaba grandes cantidades de dinero por su perro.

—Algún día lo matarás y perderás lo que vale —le dijo una vez John Hamlin, mientras Bâtard yacía jadeando en la nieve después de que Leclère lo estuviera pateando, y nadie sabía si tenía las costillas rotas, pero tampoco nadie se atrevía a ir a verlo.

—¿Eso? —dijo Leclère en tono seco—. Eso es asunto mío, monsieur.

Y los hombres se maravillaban también de que Bâtard no se escapara. No lo entendían. Pero Leclère sí lo entendía. Era un hombre que vivía gran parte del tiempo a la intemperie, allí donde no se oían voces humanas, de manera que había aprendido los idiomas del viento y de la nieve, el susurro de la noche, el murmullo del amanecer y el estallido del día. Podía oír débilmente cómo crecían las plantas verdes, cómo les circulaba la savia y cómo eclosionaban los retoños. Y conocía el habla sutil de las cosas que se movían, del conejo en la trampa, del cuervo huraño que batía el aire con sus alas huecas, del oso de cara pelada que arrastraba los pies bajo la luna y del lobo que se deslizaba como una sombra gris entre el crepúsculo y la oscuridad. Y Bâtard le hablaba de forma clara y directa. Entendía perfectamente por qué Bâtard no se escapaba y eso le hacía mirar todavía con mayor frecuencia por encima del hombro.

Cuando estaba furioso, Bâtard no era una estampa agradable, y más de una vez le saltaba a la garganta a Leclère, solo para acabar tirado tembloroso e insensible sobre la nieve, bajo los culatazos del látigo siempre preparado. Y así aprendió Bâtard a esperar el momento propicio. Cuando adquirió toda la fuerza y la lozanía de la juventud, creyó que ese momento había llegado. Tenía el pecho fornido y una musculatura poderosa, de un tamaño mucho mayor del ordinario, y su cuello era una masa de pelo erizado de la cabeza a los hombros; podría haber pasado por lobo de pura sangre. Leclère yacía dormido sobre sus pieles cuando Bâtard decidió que había llegado la hora. Se le acercó con sigilo, con la cabeza pegada al suelo, su única oreja echada hacia atrás y una suavidad felina en los pasos. Respiraba quedamente, muy quedamente, y no levantó la cabeza hasta que tuvo a su presa a tiro. Se detuvo un instante y miró aquella garganta broncínea de toro, desnuda y nudosa, donde palpitaba el pulso profundo y regular. Las babas se le deslizaron por los colmillos y le gotearon de la lengua ante aquella visión, y en aquel momento se acordó de su oreja rota, de los golpes incontables y las barbaridades formidables, y sin hacer un solo ruido saltó sobre el hombre dormido.

A Leclère lo despertó el dolor de los colmillos clavados en la garganta, y, siendo el animal perfecto que era, se despertó con la cabeza despejada y una comprensión perfecta de todo. Cerró ambas manos en torno a la tráquea de Bâtard y salió rodando de sus pieles para aplastar con su peso al atacante. Pero los millares de ancestros de Bâtard se habían aferrado a las gargantas de innumerables alces y caribús y los habían abatido, y la sabiduría de aquellos ancestros era suya. Cuando se le vino encima el peso de Leclère, empujó con las patas hacia arriba y hacia dentro, y clavó las garras en el pecho y el abdomen del hombre, rasgando y desgarrando piel y músculo. Y cuando sintió que el cuerpo que tenía encima se estremecía y se levantaba, meneó y zarandeó la garganta del hombre. Sus compañeros de tiro formaron un círculo entre gruñidos, y Bâtard, respirando con dificultad y con los sentidos fallándole, supo que sus fauces estaban hambrientas de él. Pero no importaba; solo importaba el hombre, el hombre que tenía encima, de manera que siguió dando zarpazos y desgarrando, meneando y zarandeando, con todas las fuerzas que le quedaban. Pero Leclère lo estaba estrangulando con ambas manos, hasta que el pecho de Bâtard se sacudió y se estremeció en busca del aire que se le negaba, y los ojos se le pusieron vidriosos y desorbitados, se le aflojaron lentamente las mandíbulas, y le asomó la lengua negra e inflada.

—¿Eh? ¡*Bon*, diablo! —dijo Leclère con voz gorgoteante, con la boca y la garganta obstruidas por su propia sangre, mientras arrojaba al perro aturdido lejos de sí.

Y entonces Leclère alejó a gritos a los demás perros que ya se estaban echando sobre Bâtard. Los perros se retiraron formando un círculo más amplio, agachados en pose alerta sobre los cuartos traseros y lamiéndose los hocicos, todos con el pelaje del cuello erizado.

Bâtard se recuperó deprisa y al oír la voz de Leclère se incorporó tambaleándose y se bamboleó débilmente de lado a lado.

—¡Aaah! ¡Pedaso de diablo! —farfulló Leclère—. ¡Te voy a dag lo tuyo! ¡Te voy a dag lo que te megueses, voto a bgíos!

Bâtard, con el aire quemándole los pulmones agotados como si fuera vino, se lanzó directo a la cara del hombre, pero sus fauces erraron el tiro y se cerraron con un chasquido metálico. Los dos rodaron y rodaron por la nieve, mientras Leclère golpeaba frenéticamente con los puños. Luego se separaron, cara a cara, y caminaron en círculos el uno frente al otro. Leclère podría haber desenvainado el cuchillo. Y tenía el rifle a los pies. Pero la bestia que llevaba dentro estaba despierta y furiosa. Quería hacerlo con las manos, y con los dientes. Bâtard saltó hacia él, pero Leclère lo derribó de un puñetazo, se le echó encima y le clavó los dientes hasta el hueso del hombro.

Eran un escenario y una escena primordiales, que podrían haberse dado en la juventud salvaje del mundo. Un espacio abierto en un bosque a oscuras, un círculo de perros lobo sonrientes y en el centro dos bestias, enzarzadas en combate, dando dentelladas y gruñendo, rabiando con furia, jadeando, sollozando, maldiciendo, forcejeando, enloquecidos por la pasión, presas de una furia asesina, desgarrando y rasgando y dando zarpazos con salvajismo elemental.

Pero Leclère alcanzó a Bâtard detrás de la oreja con un puñetazo, derribándolo y dejándolo momentáneamente aturdido. Luego Leclère saltó sobre él con los pies por delante y siguió dando saltos, luchando por machacarlo contra el suelo. Bâtard ya tenía rotas las dos patas de atrás, de forma que Leclère se detuvo para recobrar el aliento.

—¡Aaah! ¡Aaah! —gritó, incapaz de hablar, blandiendo el puño por la pura impotencia de su garganta y laringe.

Pero Bâtard era indomable. Yacía allí hecho un amasijo impotente, retrayendo débilmente el labio tembloroso en la actitud del gruñido que no tenía fuerzas para emitir. Leclère le dio una patada y las fauces agotadas se le cerraron sobre el tobillo, pero ya no tuvieron fuerza para traspasarle la piel.

Luego Leclère cogió el látigo y procedió a hacerlo casi pedazos, gritándole con cada trallazo del látigo.

—Esta vez sí que te he doblegado, ¿eh? ¡Voto a bgíos! ¡Te he doblegado!

Al final, exhausto y medio desmayado por la sangre que había perdido, se vino abajo y se desplomó junto a su víctima, y cuando los perros lobo se acercaron para cobrarse su venganza, con su último atisbo de conciencia se arrastró hasta tumbarse encima de Bâtard para protegerlo de sus colmillos.

Esto ocurrió a poco del alba, y el misionero, cuando le abrió la puerta a Leclère unas horas más tarde, se sorprendió al ver la ausencia de Bâtard del tiro. Tampoco se mitigó su sorpresa cuando Leclère apartó las mantas del trineo, cogió a Bâtard en brazos y cruzó el umbral dando tumbos. Dio la casualidad de que el cirujano de McQuestion, que era un poco trotamundos, había ido allí para cotillear, y entre los dos procedieron a curar a Leclère.

—*Merci, non* —dijo él—. Pgimero aggeglad al peggo. ¿Que se está muguiendo? *Non*. Pogque pgimego lo tengo que doblegar. Pog eso no se puede moguig.

El cirujano declaró que era un prodigio, y el misionero que era un milagro, que Leclère saliera vivo de aquello; y tan débil se había quedado que en primavera lo pillaron las fiebres, y tuvo que volver a quedarse en cama. Bâtard había estado todavía peor, pero se impuso su apego a la vida, y los huesos de las patas traseras se le soldaron, y los órganos se le restablecieron, durante las semanas que se pasó amarrado al suelo. Y para cuando Leclère, convaleciente, demacrado y tembloroso, por fin salió a tomar el sol en la puerta de la cabaña, Bâtard ya había restablecido su supremacía entre los de su especie, y no solo había sometido a sus compañeros de tiro, sino también a los del misionero.

No movió ni un músculo, ni se le erizó un solo pelo, cuando Leclère se soltó por primera vez del brazo del misionero y se dejó caer despacio y con cautela infinita sobre el taburete de tres patas.

—*Bon!* —dijo—. *Bon!* ¡Qué bien hase el sol! —Y estiró las manos maltrechas y se las bañó en la calidez.

Luego su mirada recayó en el perro y le regresó a

los ojos el brillo de antaño. Tocó ligeramente al misionero en el brazo.

—*Mon père*, es un ggan diablo, ese Bâtard. Trgáigame una pistola paga que pueda tomag el sol en paz.

Así pues, a partir de entonces dedicó muchos días a sentarse al sol frente a la puerta de la cabaña. Nunca se quedaba dormido y siempre tenía la pistola sobre el regazo. Bâtard adquirió la costumbre de comprobar, como primera actividad del día, que la pistola estuviera en su sitio. Cuando la veía, levantaba un poco el labio en señal de que lo entendía, y Leclère levantaba también el suyo ofreciendo una sonrisa a modo de respuesta. Un día el misionero reparó en el truco.

—¡Dios bendito! —dijo—. Me creo de verdad que la bestia lo entiende.

Leclère se rio por lo bajo.

—Migue usted, *mon père*. Todo lo que yo digo, él lo escucha.

Como a modo de confirmación, Bâtard levantó de forma apenas perceptible su única oreja para captar los sonidos.

—Digo: «matag».

Bâtard soltó un gruñido gutural, con el pelaje del cuello erizado y todos los músculos tensos y expectantes.

—Levanto la pistola, así. —Y, acompasando sus acciones con sus palabras, encañonó a Bâtard con la pistola. Bâtard dio un salto a un lado y aterrizó a la vuelta de la esquina de la cabaña, donde no lo pudieran ver.

—¡Dios bendito! —repetía el hombre a intervalos. Leclère sonrió con orgullo.

—Pero ¿por qué no se escapa?

El francés respondió con aquel encogimiento de hombros propio de su raza que podía significar cualquier cosa, desde la ignorancia total hasta el entendimiento infinito.

—Entonces, ¿por qué no lo mata?

Otro encogimiento de hombros.

—*Mon père* —dijo después de una pausa—, no ha llegado el momento. Es un ggan diablo. Algún día lo doblegagué, lo hagué pedasos, ¿eh? Algún día. *Bon!*

Llegó un día en que Leclère reunió a sus perros y se fue a bordo de una pequeña embarcación hasta Forty Mile, y de allí fue al río Porcupine, donde aceptó un encargo de la P. C. Company y se pasó la mayor parte de un año explorando. Después remó río arriba por el Koyokuk hasta la desierta Arctic City, y más tarde regresó deambulando, de campamento en campamento, por la ribera del Yukon. Y durante aquellos largos meses Bâtard fue bien aleccionado. Aprendió muchas torturas, entre las cuales destacaban la tortura del hambre, la tortura de la sed, la tortura del fuego y la peor de todas: la tortura de la música.

Igual que al resto de su especie, no le gustaba la música. Le provocaba una angustia exquisita, le crispaba nervio tras nervio y le desgarraba hasta la última fibra de su ser. Le hacía soltar largos aullidos como si fuera un lobo, como cuando los lobos gritan a las estrellas en las noches heladas. No podía evitar aullar. Era su única debilidad en la guerra con Leclère, y eso lo avergonzaba. Leclère, por su parte, amaba la música con pasión, con la misma pasión con que amaba la bebida de alta graduación. Y cuando su alma pedía a gritos expresarse, normalmente lo hacía de una u otra de esas maneras, y más habitualmente de ambas a la vez. Y cuando bebía, y se le llenaba el cerebro de canciones sin cantar, y se despertaba y se encabritaba el demonio que tenía dentro, su alma encontraba su expresión suprema en el hecho de torturar a Bâtard.

—Ahoga vamos a oíg un poco de música —decía—. ¿Eh? ¿A ti qué te paguese, Bâtard?

Solo tenía una armónica vieja y maltrecha, atesorada con cariño y reparada con paciencia, pero era todo cuanto podía permitirse, y de sus conductos plateados extraía unas tonadas extrañas y erráticas que nadie había oído nunca. Y entonces Bâtard, con la garganta enmudecida y las quijadas cerradas con fuerza, retrocedía, centímetro a centímetro, hasta el rincón más alejado de la cabaña. Y Leclère, sin dejar de tocar, y con un recio garrote debajo del brazo, seguía al animal, centímetro a centímetro, paso a paso, hasta que este no podía retroceder más.

Al principio Bâtard se encogía en el menor espacio posible, muy pegado al suelo, pero a medida que la música se le iba acercando, se veía forzado a levantarse, pegando la espalda a los troncos y agitando las patas delanteras en el aire como si intentara alejar a manotazos las ondas del sonido. Seguía con las fauces cerradas, pero le atacaban el cuerpo diversas contracciones musculares, extraños estremecimientos y convulsiones, hasta dejarlo temblando como una hoja de pies a cabeza, presa de un tormento silencioso. A medida que perdía el control, las fauces se le abrían espasmódicamente y emitía unas vibraciones profundas y guturales, demasiado graves en el espectro sonoro como para que las pudiera registrar un oído humano. Y luego, con las narices distendidas, los ojos dilatados y el pelaje erizado de rabia impotente, venía el largo aullido de lobo. Venía en forma de murmullo ascendente, que crecía hasta convertirse en un enorme estallido desgarrador de sonido y se apagaba en forma de cadencia lastimera; seguido de la siguiente crecida, octava tras octava, el desgarro atronador y la pena y el dolor infinitos, debilitándose, cayendo y remitiendo hasta apagarse lentamente.

Era algo infernal. Y Leclère, con astucia diabólica, parecía adivinar hasta el último nervio y fibra sensible y lo obligaba a soltar hasta el último asomo de dolor, entre largos lamentos, temblores y sollozos. Era aterrador, y durante las veinticuatro horas siguientes Bâtard se quedaba nervioso y angustiado, sobresaltándose ante los sonidos comunes y tropezándose con su propia sombra, aunque seguía mostrándose cruel y dominador con sus compañeros de tiro. Tampoco mostraba indicios de que se le quebrara el ánimo. Simplemente se volvía más sombrío y taciturno, y aguardaba su momento con una paciencia inescrutable que empezó a desconcertar a Leclère y también a pesarle. El perro yacía a la luz de la chimenea, inmóvil durante horas, mirando fijamente al frente o a Leclère, odiándolo con sus ojos rabiosos.

A menudo el hombre tenía la sensación de haber ido en contra de la misma esencia de la vida, esa esencia inconquistable que hacía bajar al halcón en picado del cielo como una centella con plumas, que guiaba a los gansos grises a través de los parajes o que impulsaba al salmón a lo largo de tres mil kilómetros de corriente espumeante del Yukon para desovar. En aquellos momentos se sentía impelido a expresar también él su esencia inconquistable; y por medio de bebidas de alta graduación, música frenética y Bâtard, se lanzaba a tremendas orgías en las que enfrentaba su fuerza minúscula contra el mundo, y desafiaba a todo lo que existía y había existido y estaba todavía por existir.

—Hay algo ahí —afirmaba, cuando los caprichos acompasados de su mente tocaban los acordes secretos del ser de Bâtard y le arrancaban su largo y lúgubre aullido—. Con mis manos lo agganco, más y más. ¡Ja, ja! ¡Es divegtido! ¡Es muy divegtido! El cuga entona su cántico, la mujer gueza, el hombge maldise, el pajaguito hase pío pío y Bâtagd hace auuu, auuuu... y todo es lo mismo. ¡Ja, ja!

El padre Gautier, sacerdote de gran valía, una vez lo reprobó con ejemplos concretos de perdición. Pero esa fue la última vez.

—Es posible, *mon père* —contestó él—. Y cgeo que me voy a ir al infiegno de cabesa, al lago de sicuta pasando por el fuego, ¿eh, *mon père*?

Pero todo lo malo se acaba, igual que lo bueno, y Black Leclère no fue ninguna excepción. En pleno estiaje, en una barca de pértiga, salió de McDougall con rumbo a Sunrise. Dejó McDougall acompañado de Timothy Brown, pero llegó a Sunrise solo. Además, se sabía que se habían peleado justo antes de partir; porque la Lizzie, un jadeante vapor de ruedas de diez toneladas, que había salido veinticuatro horas más tarde, terminó llegando tres días antes que Leclère. Y cuando este atracó por fin, traía un agujero de bala limpio que le atravesaba el músculo del hombro y una historia de emboscadas y asesinato.

Se había producido una revuelta en Sunrise y las cosas habían cambiado considerablemente. Con la llegada de varios centenares de buscadores de oro, un montón de *whisky* y media docena de jugadores profesionales bien equipados, el misionero había visto tirada por la borda todos sus años de trabajo con los indios. Cuando las mujeres indias se obsesionaron con cocinar alubias y mantener el fuego encendido para aquellos mineros solteros, y los hombres indios con cambiar sus pieles de abrigo por botellas negras y relojes rotos, el misionero se fue a su cama, dijo «Dios bendito» varias veces y se marchó a rendir cuentas con Dios en un cajón alargado y mal tallado. Tras lo cual los jugadores trasladaron sus ruletas y sus mesas de naipes a la sede de la misión, y el tableteo de las fichas y el tintineo de los vasos se elevó desde el alba hasta el anochecer y nuevamente hasta el alba.

Pero Timothy Brown era un hombre muy querido entre aquellos aventureros del norte. Lo único que le recriminaban era su mal genio y su tendencia a arreglar las cosas a puñetazos; una nadería, que su corazón amable y su mano clemente disculpaban con creces. En cambio, a Black Leclère no había nada que lo disculpara. Tenía el alma negra, tal como atestiguaba más de una fechoría suya bien recordada, y lo odiaban en la misma medida que amaban al otro. Así pues, los hombres de Sunrise le pusieron un vendaje antiséptico en el hombro y lo llevaron ante el juez Lynch.

El caso era simple. Se había peleado con Timothy Brown en McDougall. Se había marchado con Timothy Brown de McDougall. Y había llegado a Sunrise sin Timothy Brown. Considerada a la luz de su maldad, la conclusión unánime era que había matado a Timothy Brown. Sin embargo, Leclère reconoció los hechos que le imputaban, pero cuestionó su conclusión, y les contó su versión. A treinta kilómetros de Sunrise, los dos hombres estaban impulsando la barca con la pértiga junto a la orilla rocosa. Desde aquella orilla retumbaron dos disparos. Timothy Brown se cayó de la barca y se hundió entre un burbujeo rojo, y aquel fue su fin. Él, Leclère, se tiró al fondo de la barca sintiendo una punzada en el hombro. Se quedó muy quieto, echando vistazos a la orilla. Al cabo de un rato asomaron la cabeza dos indios y bajaron hasta el margen del río, llevando entre ambos una canoa de corteza de abedul. Cuando la metieron en el agua, Leclère disparó. Se cargó a uno, que cayó por la borda de la misma manera que Timothy Brown. El otro se echó en el fondo de la canoa y ambas embarcaciones bajaron el río batallando a la deriva. Poco más tarde los atrapó una corriente bifurcada y la canoa se fue por un lado de un islote mientras que la barca de pértiga se fue por el otro. Ya no volvió a ver la canoa, y así llegó a Sunrise. Sí, por la forma en que se había desplomado el indio de la canoa, estaba seguro de habérselo cargado. No había más.

La explicación no se juzgó convincente. Le concedieron diez horas de gracia mientras la Lizzie zarpaba para investigar. Diez horas después llegó jadeando de vuelta a Sunrise. No había habido nada que investigar. No se había encontrado evidencia alguna que respaldara las declaraciones de Leclère. Le dijeron que hiciera testamento, porque era dueño de una concesión de cincuenta mil dólares en Sunrise, y eran una gente que respetaba la ley, además de impartirla.

Leclère se encogió de hombros.

—Solo una cosa —dijo—. Un pequeño, ¿cómo se dise...? Un pequeño favog, eso es. Dono mis sincuenta mil dólagues a la iglesia. Y dono a mi peggo *husky*, Bâtagd, al diablo. Y el favog es que pgimego lo ahogquéis a él y después a mí. ¿Está bien, eh?

Se mostraron de acuerdo en que estaba bien que el Engendro del Infierno allanara el camino de su amo a través de la última frontera, y el tribunal se trasladó a la orilla del río, donde se erguía una pícea solitaria. Slackwater Charley hizo un nudo de horca al final de una soga de remolque, le pasaron el lazo por la cabeza a Leclère y se lo cerraron con fuerza en torno al cuello. Tenía las manos atadas tras la espalda y lo ayudaron a subirse a un cajón de galletas. Luego pasaron el cabo de la soga por encima de una rama saliente, la tensaron y la aseguraron. Una patada al cajón lo dejaría danzando en el aire.

—Ahora el perro —dijo Webster Shaw, ingeniero de minas ocasional—. Vas a tener que ponerle la soga tú, Slackwater.

Leclère sonrió. Slackwater se metió en la boca un puñado de tabaco, hizo un lazo corredizo y procedió con calma a enrollarse varias vueltas en torno al brazo. Se detuvo un par de veces para apartarse de la cara unos mosquitos particularmente molestos. Todo el mundo se estaba apartando mosquitos a manotazos, salvo Leclère, quien tenía una nubecilla de ellos en torno a la cabeza. Incluso Bâtard, tumbado en el suelo, se frotaba los ojos y la boca con las patas delanteras para quitárselos.

Pero mientras Slackwater estaba esperando a que Bâtard levantara la cabeza, surcó el aire una llamada lejana y vieron a un hombre agitando los brazos y cruzando a la carrera el campo que los separaba de Sunrise. Era el tendero.

—Su-suspendedlo, chavales —dijo jadeando cuando llegó entre ellos.

—Acaban de llegar el pequeño Sandy y Bernadotte —explicó cuando recobró el resuello—. Han desembarcado río abajo y han venido por el atajo. Traen con ellos al indio beaver. Lo han recogido de su canoa, que estaba atrapada en un canal secundario del río, con dos agujeros de bala. El otro indio era Klok-Kutz, el que dejó molida a palos a su india y se esfumó.

—¿Eh? ¿Qué os desía yo? ¿Eh? —exclamó Leclère, exultante—. ¡Ese es, segugo! Si lo sé yo. Digo la vegdad.

—Lo que hay que hacer es enseñarles modales a esos condenados salvajes —dijo Webster Shaw—.

Se están poniendo bravucones, y vamos a tener que bajarles los humos. Reúne a todos los indios varones y ahorca al beaver para darles una buena lección. Ese es el plan. Vamos a ver qué tiene que decir en su defensa.

—¡Eh, monsieur! —gritó Leclère mientras el grupo empezaba a dispersarse por el crepúsculo en dirección a Sunrise—. Me gustaguía mucho veg la divegsión.

—Oh, ya te soltaremos cuando volvamos —le gritó Webster Shaw por encima del hombro—. Entretanto, medita sobre tus pecados y sobre los caminos de la Providencia. Te sentará bien, así que da gracias.

Como pasa con los hombres que están acostumbrados a los enormes peligros, cuyos nervios están sanos y entrenados para la paciencia, así pasaba con Leclère, que ahora se acomodó para la larga espera que tenía por delante; es decir, reconcilió su mente con la situación. No había manera de acomodar el cuerpo, porque la tensión de la soga lo obligaba a permanecer rígidamente erguido. La más pequeña relajación de los músculos de las piernas le clavaba la soga de toscas fibras en el cuello, mientras que la posición erguida le causaba un gran dolor en el hombro herido. Proyectó hacia delante el labio inferior y expulsó el aliento hacia arriba por la cara para apartarse los mosquitos de los ojos. Pero la situación tenía su lado bueno. Ser arrancado de las fauces de la muerte compensaba con creces un poco de sufrimiento corporal, aunque era una lástima perderse el ahorcamiento del beaver.

Y en todo esto estaba reflexionando cuando su mirada recayó por accidente en Bâtard, que estaba tumbado en el suelo, dormido con la cabeza entre las patas delanteras. Y las reflexiones de Leclère se detuvieron. Examinó al animal con atención, intentando adivinar si su letargo era real o fingido. Los costados de Bâtard subían y bajaban con regularidad, pero a Leclère le dio la sensación de que su respiración iba un poco demasiado deprisa; también le pareció que había un elemento de vigilancia o de alerta en cada uno de sus pelos que desmentía el letargo completo. Habría dado su concesión en Sunrise a cambio de la garantía de que el perro no estuviera despierto, y en una ocasión, cuando le crujió una de las articulaciones, echó un vistazo rápido y culpable a Bâtard para ver si se había despertado. No se despertó entonces, pero al cabo de unos minutos se incorporó lenta y perezosamente, se desperezó y miró con cautela a su alrededor.

—*Sacredam* —masculló Leclère por lo bajo.

Tras asegurarse de que nadie podía verlo ni oírlo, Bâtard se sentó, retrajo el labio superior para formar lo que casi era una sonrisa, levantó la vista para mirar a Leclère y se lamió el hocico.

—Veo mi final —dijo el hombre, y se rio sardónicamente en voz bien alta.

Bâtard se le acercó, con la oreja inútil colgando y la oreja buena proyectada hacia delante en actitud de comprensión diabólica. Echó la cabeza a un lado inquisitivamente y avanzó con pasitos cortos y juguetones. Se frotó el cuerpo suavemente contra el cajón hasta que este tembló y volvió a temblar. Leclère se tambaleó con cuidado de no perder el equilibrio.

—Bâtagd —dijo con calma—. Cuidado. Que te mato.

Batârd gruñó al oír la palabra y sacudió el cajón con más fuerza. Luego se irguió y usó las patadas delanteras para empujar la parte superior del cajón. Leclère le intentó dar una patada con un pie, pero la cuerda se le clavó en el cuello y lo estranguló de forma tan repentina que casi estuvo a punto de hacerle perder el equilibrio.

—¡Eh, tú! ¡Basta! ¡Largo! —gritó.

Bâtard retrocedió cinco o seis metros, con una levedad en su porte que a Leclère le resultó inconfundible. Se acordó de que el perro a menudo rompía la fina capa que recubría los agujeros para pescar en el hielo a base de coger impulso y empujarlos con el cuerpo; y nada más acordarse entendió lo que el perro tenía ahora en mente. Bâtard se giró y se detuvo. Enseñó los dientes blancos en una sonrisa, que Leclère replicó; y por fin se lanzó de un salto, cargando con todas sus fuerzas, directo al cajón.

Al cabo de quince minutos, Slackwater Charley y Webster Shaw, de regreso, atisbaron un péndulo fantasmal que se mecía de lado a lado en la penumbra. Cuando se acercaron a toda prisa, distinguieron el cuerpo inerte del hombre y una criatura viva aferrada a él, sacudiéndolo y zarandeándolo y provocándole aquel bamboleo.

—¡Eh, tú! ¡Largo, Engendro del Infierno! —gritó Webster Shaw.

Pero Bâtard le clavó una mirada iracunda y le gruñó amenazadoramente sin abrir las mandíbulas.

Slackwater Charley sacó el revólver, pero le temblaba la mano como si tuviera escalofríos y no acertaba a agarrarlo bien.

—Ten, hazlo tú —le dijo a su compañero, pasándole el arma.

Webster Shaw soltó una risa breve, apuntó entre aquellos ojos relucientes y apretó el gatillo. La descarga hizo que el cuerpo de Bâtard se estremeciera; pataleó el suelo espasmódicamente un momento y se quedó repentinamente inerte. Sus dientes, sin embargo, seguían aferrando fuertemente a su presa.

Encender una hoguera

El día había amanecido frío y gris, tremendamente frío y gris, cuando el hombre se desvió de la ruta principal del Yukon y ascendió por el talud de tierra de la ribera, donde una senda vaga y poco transitada llevaba hacia el este por entre el bosque de gruesas píceas. La ribera era empinada, y al llegar a lo alto el hombre se detuvo para recobrar el aliento, dándose la excusa de mirar el reloj. Eran las nueve en punto. El sol no asomaba por lado alguno, aunque el cielo estaba despejado. Era un día claro y sin embargo las cosas parecían cubiertas por un velo intangible, por una penumbra sutil que oscurecía el día, debida a la ausencia de sol. Al hombre no le preocupó. Estaba acostumbrado a la falta de sol. Llevaba días sin ver el sol y sabía que todavía tendrían que transcurrir unos cuantos más antes de que aquel jovial orbe, hacia el sur, asomara apenas por encima de la línea del horizonte y desapareciera inmediatamente de la vista.

El hombre echó un vistazo hacia atrás, en dirección al camino por el que había venido. El Yukon alcanzaba un kilómetro y medio de anchura y yacía oculto bajo un metro de hielo. Encima de aquel hielo había el mismo grosor de nieve. Era de un blanco puro y se elevaba con suaves ondulaciones allí donde las heladas habían formado bancos de hielo. Al norte y al sur, hasta donde le alcanzaba la vista, todo era de un blanco inmaculado, salvo por una fina línea oscura que se curvaba y se retorcía hacia el norte, donde desaparecía detrás de otra isla cubierta de píceas. Aquella línea oscura era la pista —el camino principal— que llevaba en dirección sur durante ochocientos kilómetros hasta el paso de Chilcoot, Dyea y el agua salada; y en dirección norte durante más de cien kilómetros hasta Dawson, y después seguía rumbo al norte hasta Nulato, y por fin hasta Saint Michael y el mar de Bering, a otros dos millares y medio de kilómetros.

Pero todo esto —la línea misteriosa y larguísima del camino, la ausencia de sol, el frío tremendo y la extrañeza de todas las cosas— no causó impresión alguna en el hombre. Y no era porque estuviera muy acostumbrado a ello. Al contrario: era un recién llegado a aquellas tierras, un *chechaquo*, y aquel era su primer invierno allí. Su problema era que carecía de imaginación. Era rápido y espabilado para las cosas de la vida, pero solo para las cosas, y no para sus significados. Cuarenta y cinco grados bajo cero eran muchísimos grados por debajo del punto de congelación. Aquel dato le transmitía la idea de que hacía un frío incómodo y nada más. No lo llevaba a meditar sobre su fragilidad como criatura de sangre caliente, ni sobre la fragilidad general del hombre, capaz de vivir únicamente entre ciertos límites ajustados de frío y calor; ni tampoco estas ideas lo transportaban al terreno de las conjeturas sobre la inmortalidad y el lugar del hombre en el universo. Cuarenta y cinco grados bajo cero implicaban una escarcha que mordía dolorosamente y de la que había que protegerse por medio de mitones, orejeras, mocasines calientes y calcetines gruesos. Para él, cuarenta y cinco grados bajo cero no era nada más ni nada menos que cuarenta y cinco grados bajo cero. Jamás le había pasado por la cabeza la idea de que pudiera significar algo más que aquello.

Mientras se giraba para ponerse en marcha, escupió con gesto especulativo. Lo sobresaltó un crujido brusco y explosivo. Volvió a escupir. Y nuevamente, en mitad del aire, antes de que pudiera caer a la nieve, el salivazo crepitó. Sabía que a cuarenta y cinco bajo cero la saliva crujía sobre la nieve, pero ahora acababa de crujir en el aire. Estaba claro que la temperatura era inferior a los cuarenta y cinco bajo cero; no sabía cuánto. Pero la temperatura no importaba. Se dirigía a la antigua concesión minera del ramal izquierdo del arroyo Henderson, donde ya estaban los muchachos. Habían cruzado la divisoria desde el territorio de los indios creek, mientras que él había dado un rodeo para evaluar las posibilidades de extraer madera en primavera de las islas del Yukon. Llegaría al campamento a las seis en punto; un poco después del anochecer, cierto, pero estarían allí los muchachos, habría una buena hoguera y una cena caliente lista. En cuanto al almuerzo, palpó con la mano el fardo que le abultaba debajo de la chaqueta. También lo llevaba por debajo de la camisa, envuelto con un pañuelo y pegado a la piel desnuda. Era la única forma de impedir que se le congelaran los panecillos. Sonrió afablemente para sí mismo al acordarse de aquellos panecillos, todos abiertos y bañados en grasa de beicon y cada uno de ellos rellenos de una generosa tira de beicon frito.

Se internó entre las enormes píceas. La pista era apenas visible. Desde que había pasado por allí el último trineo había caído un palmo y medio de nieve, y ahora el hombre se alegró de no llevar trineo y de viajar con poco equipaje. De hecho, no llevaba nada más que el almuerzo envuelto en el pañuelo. Le sorprendía, sin embargo, el frío. Hacía frío de verdad, concluyó, frotándose la nariz entumecida y los pómulos con la mano enfundada en el mitón. Tenía una barba poblada, pero el vello facial no le protegía los pómulos salientes ni tampoco aquella nariz entrometida que se proyectaba agresivamente hacia el aire helado.

Un perro trotaba pisándole los talones, un *husky* nativo de gran tamaño, el perro lobo por antonomasia, de pelaje gris y sin diferencias de aspecto ni de temperamento con su hermano el lobo salvaje. El animal estaba deprimido por culpa del tremendo frío. Sabía que no era el momento de viajar. Su instinto le contaba una historia más cierta que la que le contaba su razón al hombre. No era solo que la temperatura fuera inferior a los cuarenta y cinco bajo cero; también era inferior a los cincuenta bajo cero, y a los cincuenta y cinco. Estaban a sesenta grados bajo cero. Como el punto de congelación eran los cero grados, aquello implicaba sesenta grados sucesivos de helada. El perro no sabía nada de termómetros. Posiblemente no tenía en el cerebro una conciencia clara del frío extremo como la que tenía el hombre. Pero la bestia tenía su instinto. Experimentaba una aprensión vaga pero amenazadora que lo cohibía, lo hacía corretear furtivamente a los pies del hombre y lo llevaba a cuestionar nerviosamente cada movimiento desacostumbrado que este hacía, como si estuviera esperando que acampara o que buscara cobijo en alguna parte para encender una hoguera. El perro conocía el fuego, y lo deseaba, o bien quería cavar un hoyo bajo la nieve y acurrucar su calor lejos del aire.

La humedad helada de su aliento se le asentaba sobre el pellejo en forma de polvillo fino de hielo, y tenía en especial los belfos, el hocico y las pestañas teñidos de blanco por la respiración cristalizada. El hombre tenía igualmente escarchados la barba y el bigote, pero la suya era una escarcha más sólida: el depósito le formaba una capa de hielo que iba creciendo con cada exhalación de aliento cálido y húmedo. Además, el hombre estaba mascando tabaco, y la mordaza de hielo le atenazaba los labios de tal manera que no podía esquivar la barbilla cuando escupía el salivazo. El resultado era que le iba creciendo una barba de cristal del mismo color y solidez que el ámbar. Si el hombre se cayera, aquella mordaza se le rompería en mil pedazos, como si fuera cristal. Pero no le molestaba aquel apéndice. Era el precio que pagaban todos los que mascaban tabaco en aquellos parajes, y él había estado a la intemperie durante un par de olas de frío previas. No habían sido tan frías como aquella, lo tenía claro, pero gracias al termómetro de alcohol de Sixty Mile sabía que se habían alcanzado respectivamente los cuarenta y cinco y cincuenta grados bajo cero.

Continuó por el tramo llano de bosque durante varios kilómetros, cruzó un campo amplio de juncos lanudos y bajó un terraplén hasta el lecho helado de un arroyuelo. Era el arroyo Henderson, y supo que estaba a quince kilómetros de la bifurcación. Se miró el reloj. Eran las diez en punto. Estaba yendo a seis kilómetros por hora, y calculó que llegaría a la bifurcación a las doce y media. Decidió celebrarlo comiéndose su almuerzo allí.

El perro se le volvió a pegar a los talones, con el rabo caído de desaliento, mientras el hombre seguía el lecho del arroyo. Se veían a simple vista los surcos del antiguo camino de trineos, pero las marcas de los últimos en pasar estaban cubiertas por treinta centímetros de nieve. Hacía un mes que nadie subía ni bajaba por aquel arroyo silencioso. El hombre mantuvo el ritmo. No era muy dado a pensar, y en aquel momento en concreto no tenía nada en mente más que el hecho de que se quería comer el almuerzo en la bifurcación y que a las seis en punto estaría en el campamento con los muchachos. No había nadie con quien hablar; y aunque hubiera habido alguien, se lo habría impedido el bozal de hielo que tenía sobre la boca. De forma que siguió masticando tabaco monótonamente y aumentando la longitud de su barba de color ámbar.

De vez en cuando le volvía a la cabeza la idea de que hacía mucho frío y de que nunca había experimentado un frío así. Mientras caminaba, se frotó los pómulos y la nariz con el dorso de la mano enfundada en el mitón. Era un gesto que hacía de forma automática, cambiando ocasionalmente de mano. Por mucho que frotara, sin embargo, en cuanto paraba se le entumecían los pómulos y al cabo de un instante también la punta de la nariz. Se le iban a congelar las mejillas, y experimentó una punzada de pesar por no haberse fabricado una especie de cubrenariz como el que llevaba Bud durante las olas de frío. Aquellos cobertores también pasaban por las mejillas y las protegían. Aunque, a fin de cuentas, tampoco importaba mucho. ¿Qué eran las mejillas congeladas? Un poco de dolor, nada más; nunca revestían gravedad.

Por mucho que tuviera la mente vacía de pensamientos, era un observador atento: percibía los cambios del arroyo, sus curvas, recodos y obstrucciones de troncos, y siempre se fijaba muy bien en dónde ponía los pies. En un momento dado, al doblar un recodo, se apartó de golpe, como un caballo sobresaltado, del sitio por el que había estado caminando y retrocedió varios pasos por el camino. Sabía que el arroyo estaba helado hasta el fondo mismo —en aquel invierno ártico ningún arroyo podía contener agua—, pero también sabía que había manantiales que brotaban borboteando de las laderas de las colinas y discurrían por debajo de la nieve y por encima del hielo del arroyo. Sabía que las peores olas de frío nunca helaban aquellos manantiales, y también conocía sus peligros. Eran trampas. Ocultaban bajo la nieve bolsas de agua que podían tener un palmo de profundidad, pero también un metro. A veces las cubría una fina capa de hielo de menos de un centímetro de grosor, que a su vez estaba cubierta de nieve. Otras veces había capas alternas de agua y hielo muy fino, de forma que, cuando atravesabas una, atravesabas también todas las siguientes, a veces empapándote hasta la cintura.

Por eso se había apartado presa del pánico. Había sentido que cedía algo bajo sus pies y había oído el crujido de una fina capa de hielo oculta por la nieve. Y mojarse los pies con aquella temperatura significaría problemas y suponía un peligro. En el mejor de los casos comportaría un retraso, porque le obligaría a detenerse, encender una hoguera y desnudarse los pies para calentárselos mientras se secaba los calcetines y mocasines. Se quedó plantado, examinando el lecho del arroyo y sus márgenes, y decidió que la corriente de agua venía de la derecha. Reflexionó un momento largo, frotándose la nariz y las mejillas y por fin se desvió a la izquierda, pisando con cuidado y poniendo a prueba el punto de apoyo de cada paso. Una vez estuvo lejos del peligro, se metió en la boca otro puñado de tabaco y echó a andar de nuevo a su ritmo de seis kilómetros por hora.

En el curso de las dos horas siguientes, se encontró con varias trampas parecidas. Normalmente la nieve que cubría las bolsas de agua ocultas presentaba una apariencia hundida y glaseada que anunciaba el peligro. Pese a todo, volvió a experimentar algún que otro sobresalto; y en una ocasión, sospechando peligro, obligó al perro a caminar al frente. El perro se resistió. Se quedó quieto hasta que el hombre lo empujó, y entonces cruzó a toda prisa la superficie blanca e intacta. De pronto rompió la superficie, trastabilló a un lado y saltó a terreno más firme. Se había mojado las pezuñas y las patas de delante, y el agua que las cubría se convirtió en hielo casi al instante. El animal intentó rápidamente quitarse el hielo de las patas con la lengua; a continuación, se agachó en la nieve y se puso a mordisquear el hielo que se le había formado entre los dedos. Era una cuestión de instinto. Permitir que se quedara allí el hielo implicaría dolor en las pezuñas. El animal no lo sabía. Se limitaba a obedecer la alerta misteriosa que emergía de las criptas profundas de su ser. Pero el hombre sí que lo sabía, puesto que lo había razonado, de manera que se quitó el mitón de la mano derecha y le ayudó a arrancarse las partículas de hielo. No tuvo los dedos al desnudo más que un minuto y le asombró la celeridad con que se le entumecieron. Hacía frío de verdad. Se puso el mitón a toda prisa y se golpeó la mano brutalmente contra el pecho.

A las doce del mediodía el día alcanzó su momento de mayor luminosidad. El sol, sin embargo, quedaba demasiado al sur en su viaje invernal como para despegarse del horizonte. La curvatura de la tierra se interponía entre él y el arroyo Henderson, por donde el hombre caminaba bajo un cielo despejado de mediodía sin proyectar sombra alguna. A las doce y media en punto, llegó a la bifurcación del arroyo. Estaba contento con la velocidad que había mantenido. Si seguía así, estaba claro que llegaría con los muchachos a las seis. Se desabotonó la chaqueta y la camisa y sacó el almuerzo. El proceso apenas le llevó un cuarto de minuto; aun así, en aquel breve momento, la insensibilidad se adueñó de sus dedos desnudos. No se volvió a poner el mitón, sin embargo, sino que les dio a los dedos una docena de golpes fuertes y secos contra la pierna. Por fin se sentó a comer sobre un tronco cubierto de nieve. La punzada que había sentido al golpearse los dedos contra la pierna se disipó tan deprisa que lo sobresaltó. No había tenido tiempo ni de dar un mordisco a los panecillos. Se golpeó los dedos varias veces más y los volvió a enfundar en el mitón, desnudándose la otra mano para comer. Intentó dar un bocado, pero se lo impidió el bozal de hielo. Se había olvidado de encender el fuego y deshelarse. Su despiste le hizo soltar una risilla, y mientras se reía sintió que la insensibilidad se adueñaba de los dedos expuestos al frío. También notó que se empezaba a disipar la punzada que había sentido en las puntas de los pies al sentarse. Se preguntó si las tendría calientes o entumecidas. Las meneó en el interior de los mocasines y decidió que las tenía entumecidas.

Se enfundó el mitón a toda prisa y se puso de pie. Estaba un poco asustado. Se puso a dar pisotones al suelo hasta que volvió a sentir punzadas en los pies. Hacía frío de verdad, fue lo que pensó. El hombre del arroyo Sulphur no había exagerado al contarle el frío que podía llegar a hacer en aquellas tierras. ¡Y pensar que por entonces se había reído de él! Aquello demostraba que no había que estar demasiado seguro de las cosas. No había lugar a duda: hacía frío de verdad. Caminó de un lado a otro, dando pisotones al suelo y sacudiendo los brazos, hasta que el regreso del calor lo tranquilizó. Luego sacó unas cerillas y se puso a encender una hoguera. Encontró la leña en el sotobosque, donde las crecidas de la primavera habían dejado una reserva de ramitas resecas. Empleándose con cuidado a partir de una llamita, pronto tuvo una fogata enérgica con la que se le derritió el hielo de la cara y a cuyo amparo se comió los panecillos. Por el momento había vencido el frío. El fuego hizo feliz al perro, que se tumbó lo bastante cerca para entrar en calor y lo bastante lejos para evitar chamuscarse.

Cuando terminó de comer, el hombre se llenó la pipa y se tomó su tiempo para fumársela apaciblemente. Por fin se puso los mitones, se volvió a cubrir con firmeza las orejas con las orejeras y enfiló la pista que seguía la bifurcación izquierda del arroyo. El perro se quedó decepcionado y miró atrás, anhelante, en dirección al fuego. Aquel hombre no conocía el frío. Quizás ninguna generación de sus antepasados había conocido el frío, el frío auténtico, el de sesenta grados bajo el punto de congelación. Pero el perro sí lo conocía; lo habían conocido todos sus antepasados y él había heredado aquel conocimiento. Y sabía que no convenía caminar a la intemperie con un frío tan temible. Lo que tocaba era encogerse dentro de un hoyo en la nieve y esperar a que alguna cortina de nubes tapara el espacio exterior de donde venía aquel frío. Por otro lado, no existía ninguna amistad estrecha entre el perro y el hombre. Uno era el simple esclavo del otro, y las únicas caricias que había recibido en su vida habían sido las del látigo y las de una voz áspera y amenazadora que advertía con usar el látigo. De forma que el perro no hizo esfuerzo alguno para comunicarle su aprensión al hombre. No le preocupaba el bienestar del hombre; era por su propio bien que anhelaba volver al fuego. Pero el hombre le silbó, y le habló con voz evocadora de latigazos, de manera que el perro se pegó a los talones del hombre y se puso a seguirlo.

El hombre se metió en la boca otro puñado de tabaco y procedió a iniciar otra barba de color ámbar. Asimismo, el aliento húmedo no tardó en espolvorearle de blanco el bigote, las cejas y las pestañas. No parecía haber tantos manantiales en el ramal izquierdo del Henderson, y durante media hora el hombre no vio señales de ninguno. Y entonces sucedió. En un lugar donde tampoco había indicios, donde la nieve suave e intacta solo parecía anunciar solidez debajo de sí, el hombre se hundió. No era una bolsa profunda. Solo se mojó hasta media pantorrilla antes de salir dando tumbos a la corteza firme de hielo.

Estaba furioso, y maldijo su suerte en voz alta. Había confiado en estar con los muchachos en el campamento a las seis en punto, pero ahora aquello lo retrasaría una hora, porque iba a tener que encender una hoguera y secarse el calzado. Era imperativo a aquellas temperaturas tan bajas, lo sabía, de manera que se desvió hacia la orilla y subió el terraplén. En lo alto, enredado con el sotobosque en torno a los troncos de varias píceas pequeñas, había un depósito de leña seca arrastrada por las crecidas: palos y ramitas, sobre todo, pero también ramas viejas de mayor tamaño y hierbas resecas y finas del año anterior. Empezó tirando varios pedazos grandes sobre la nieve. Aquello serviría de base e impediría que las llamas incipientes se ahogaran en la nieve, que de otra forma se derretiría. Encendió la llama acercando una cerilla a un jirón de corteza de abedul que se sacó del bolsillo. Ardía mejor que el papel. La colocó en la base y alimentó la llamita con briznas de hierba y ramitas secas diminutas.

Trabajó despacio y con cuidado, muy consciente del peligro. De forma gradual, a medida que se fortalecía la llama, incrementó el tamaño de las ramitas con que la estaba alimentando. Se ponía en cuclillas en la nieve, sacaba las ramas de la maleza donde estaban enredadas y las echaba directamente a las llamas. Sabía que no debía fracasar en su cometido. Cuando estás a sesenta grados bajo cero, necesitas encender la hoguera al primer intento; especialmente si tienes los pies mojados. Si los tienes secos, puedes correr cinco minutos por el camino y restablecerte la circulación. Pero la circulación de unos pies mojados y en proceso de congelarse no se puede restablecer corriendo a sesenta bajo cero. Por muy deprisa que corras, solo conseguirás que los pies mojados se te congelen más deprisa.

El hombre sabía todo esto. El viejo del arroyo Sulphur se lo había explicado el otoño pasado y ahora agradecía sus consejos. Ya había perdido toda sensibilidad en los pies. Para encender el fuego se había visto obligado a quitarse los mitones y los dedos se le habían entumecido al instante. Su ritmo de seis kilómetros por hora había hecho que el corazón bombeara sangre hacia la superficie del cuerpo y las extremidades. En cuanto se había detenido, sin embargo, habían remitido los efectos de dicho bombeo. El frío del espacio azotaba el polo desprotegido del planeta, y él, que estaba en aquel polo, recibía toda la fuerza del impacto. La sangre de su cuerpo se retraía ante su acometida. La sangre estaba viva, como el perro, e, igual que el perro, quería esconderse y guarecerse de aquel frío temible. Mientras caminaba a seis kilómetros por hora, bombeaba de forma inconsciente hasta la superficie; ahora, en cambio, la sangre se le estaba retrayendo y sepultando en los recovecos del cuerpo. Las extremidades fueron las primeras en sentir su ausencia. Los pies mojados se le empezaron a congelar más deprisa y los dedos desnudos se le entumecieron a marchas forzadas, aunque todavía no llegaban a congelarse. La congelación, en cambio, ya le estaba llegando a la nariz y a las mejillas, mientras que la ausencia de la sangre le estaba enfriando la piel del cuerpo entero.

Pero no corría peligro. La escarcha solo le rozaría las puntas de los pies, la nariz y las mejillas, porque el fuego estaba empezando a arder con vigor. Se dedicó a echarle ramitas del tamaño de su dedo; al cabo de otro minuto ya le podría echar ramas del tamaño de su muñeca, y entonces se podría quitar el calzado mojado y, mientras se le secaba, tendría ocasión de calentarse los pies descalzos junto al fuego, frotándoselos primero, claro está, con nieve. El fuego estaba siendo un éxito. Se encontraba a salvo. Se acordó de los consejos del viejo del arroyo Sulphur y sonrió. El viejo se había puesto muy serio a la hora de explicarle la ley de que nadie debería viajar solo por el Klondike cuando se sobrepasaban los cuarenta y cinco bajo cero. En fin, allí estaba él; había tenido el accidente; estaba solo; y se había salvado. Algunos de aquellos viejos eran bastante afeminados, pensó. Lo único que necesitabas hacer era mantener la serenidad y no te pasaría nada. Cualquier hombre que fuera un hombre podía viajar solo. Pero era sorprendente la rapidez con que se le estaban congelando las mejillas y la nariz. Y tampoco se había imaginado que se le pudiera ir la vida de los dedos en tan poco tiempo. Y estaban realmente inertes, porque apenas podía coordinarlos para coger una ramita, y parecían encontrarse a kilómetros de distancia de su cuerpo. Cada vez que tocaba una ramita, tenía que mirar para ver si la tenía agarrada o no. Las conexiones entre las yemas de sus dedos y él se habían interrumpido.

Pero todo esto importaba poco. Tenía la hoguera, que ya crepitaba y chisporroteaba y prometía vida con cada llama danzarina. Se puso a desatarse los mocasines. Los tenía cubiertos de hielo; los gruesos calcetines largos eran como fundas de hierro que le subían hasta media pantorrilla; y los cordones de los mocasines parecían varas de acero que alguna conflagración hubiera retorcido y enredado. Estiró de ellos con los dedos entumecidos hasta que, consciente de lo absurdo de su intento, sacó su cuchillo de la funda.

Pero antes de que pudiera cortar los cordones,

sucedió. Fue culpa suya, o, mejor dicho, error suyo. No debería haber encendido la hoguera debajo de la pícea. La tendría que haber encendido en campo abierto. Pero le había resultado más fácil sacar las ramitas de la maleza y tirarlas directamente al fuego. El árbol bajo el cual lo había hecho tenía las ramas cargadas de nieve. Hacía semanas que no soplaba viento, de forma que se había amontonado nieve en todas las ramas. Cada vez que arrancaba una ramita, le había transmitido una ligera agitación al árbol, una agitación imperceptible por lo que a él respectaba, pero suficiente para provocar el desastre. En la copa del árbol, una rama dejó caer su carga de nieve sobre las ramas inferiores, haciéndoles volcar su contenido. El proceso continuó, propagándose y abarcando el árbol entero. Creció como una avalancha y descendió sin previo aviso sobre el hombre y su hoguera, ¡apagando el fuego! Allí donde este había ardido solo quedó un manto de nieve fresca y desordenada.

El hombre se quedó estupefacto. Fue como si acabara de oír su propia sentencia de muerte. Se quedó un momento sentado, contemplando el lugar donde había estado la hoguera. Luego lo invadió la calma. Quizás el viejo del arroyo Sulphur tenía razón. Si hubiera tenido un compañero de viaje, ahora no correría peligro. El compañero podría haber encendido la hoguera. Pero, en fin, le tocaba a él volver a encenderla, y esta vez no podía fallar. Aun si lo conseguía, lo más seguro era que perdiera varios dedos de los pies. Ya los debía de tener gravemente congelados, y la segunda hoguera tardaría un rato en estar lista.

Esto fue lo que pensó, pero no se quedó sentado dándole vueltas. Mientras le pasaban aquellas cosas por la cabeza, ya estaba manos a la obra. Hizo una nueva base para el fuego, esta vez en campo abierto, donde no se lo pudiera apagar ningún árbol traicionero. A continuación, reunió hierba seca y ramitas de entre los detritos de la crecida. No podía coordinar los dedos para arrancarlas, pero sí reunirlas a puñados. Eso implicaba coger también muchas ramitas podridas y pedazos de musgo verde que resultaban inadecuados, pero estaba haciendo lo que podía. Trabajó metódicamente, recogiendo incluso un puñado de las ramas más grandes para usarlas más tarde, cuando la hoguera cobrara fuerza. Y durante todo aquel tiempo el perro estuvo sentado observándolo, con cierta nostalgia melancólica en los ojos, porque veía al hombre como el proveedor de fuego, y la hoguera estaba tardando en llegar.

Cuando todo estuvo listo, el hombre se metió la mano en el bolsillo para sacar una segunda corteza de abedul. Sabía que la tenía allí, y, aunque no la podía sentir con los dedos, sí que la oyó susurrar claramente mientras la buscaba a tientas. Pero por mucho que lo intentó, no consiguió cogerla. Y durante todo ese tiempo, fue consciente de que los pies se le estaban congelando a marchas forzadas. La idea empezó a inducirle pánico, pero luchó para refrenarla y mantuvo la calma. Se puso los mitones con los dientes y sacudió los brazos de atrás hacia delante, golpeándose las manos con todas sus fuerzas contra los costados. Primero lo hizo sentado y después continuó de pie, y durante todo ese tiempo el perro permaneció sentado en la nieve, con la gruesa cola lobuna enroscada en torno a las patas delanteras para darse calor y observando al hombre con las orejas puntiagudas de lobo atentamente proyectadas hacia delante. Y el hombre, sacudiendo los brazos y las manos y golpeándose con ellos, sintió una oleada de envidia mientras contemplaba cómo aquella criatura se mantenía caliente y a salvo gracias a su protección natural.

Al cabo de un rato notó los primeros indicios remotos de sensibilidad en los dedos vapuleados. El leve hormigueo se incrementó hasta convertirse en un dolor punzante que resultaba atroz, pero que el hombre acogió con satisfacción. Se quitó el mitón de la mano derecha y sacó la corteza de abedul. Los dedos desnudos se le estaban volviendo a entumecer a toda velocidad. A continuación sacó el librillo de cerillas de azufre. Pero el frío tremendo ya había robado toda vida a sus dedos. Cuando intentó separar una cerilla del resto, se le cayó el librillo entero a la nieve. Intentó recogerlas de la nieve, pero sin éxito. Con aquellos dedos muertos no podía ni palpar las cosas ni agarrarlas. Procedió con enorme cautela. Se apartó de la mente la idea de sus pies, nariz y mejillas congelados y dedicó toda su alma a las cerillas. Se dedicó a observar, usando la visión en lugar del tacto, y cuando vio que tenía los dedos a ambos lados del librillo de cerillas, los cerró; es decir, puso toda su voluntad para cerrarlos, pero las conexiones se habían interrumpido y los dedos no le obedecieron. Se enfundó la mano derecha en el mitón y se la golpeó brutalmente contra la rodilla. Después, con los dos mitones puestos, recogió el manojo de cerillas, junto con una gran cantidad de nieve, y se lo puso en el regazo. Pero la situación no había mejorado.

Después de manipularlo un rato, se las apañó para sujetar el librillo entre las bases de las manos enfundadas en los mitones. De aquella forma se lo acercó a la boca. El hielo crujió y crepitó cuando abrió la boca con un esfuerzo violento. Echó la mandíbula inferior hacia atrás, retrajo el labio superior y raspó el librillo con los dientes de arriba para separar una cerilla. Consiguió desprenderla y la dejó caer en el regazo. Su situación seguía sin mejorar. No la podía coger. Por fin ideó una forma. La cogió con los dientes y se la raspó contra la pierna. La tuvo que raspar veinte veces antes de conseguir encenderla. Mientras llameaba, la acercó con los dientes a la corteza de abedul. Pero el azufre candente se le metió por los orificios nasales y le llegó a los pulmones, provocándole un ataque espasmódico de tos. La cerilla cayó en la nieve y se apagó.

El viejo del arroyo Sulphur tenía razón, pensó en el momento de desesperación que vino a continuación: más allá de los cuarenta y cinco bajo cero, había que viajar con un compañero. Se golpeó las manos, pero no consiguió despertar sensación alguna. De pronto se desnudó ambas manos, quitándose los mitones con los dientes. Cogió el librillo entero con las bases de las manos. El hecho de que no se le hubieran congelado los músculos de los brazos le permitió presionar las bases de las manos con fuerza contra las cerillas. Luego se raspó el librillo entero contra la pierna. Aquello arrancó una llamarada, ¡de setenta cerillas de golpe! No había viento que las apagara. Apartó la cabeza a un lado para evitar el humo asfixiante y acercó el librillo en llamas a la corteza de abedul. Mientras lo sostenía de aquella manera, sintió por fin algo en la mano. Se le estaba quemando la carne. La podía oler. Y muy por debajo de la superficie, lo pudo sentir también. La sensación se transformó en un dolor agudo. Pese a todo, lo soportó, acercando con torpeza la llama de las cerillas a la corteza, que no se encendió de inmediato porque se interponían sus manos, absorbiendo al quemarse la mayor parte de la llama.

Por fin, cuando ya no lo pudo soportar más, separó las manos de golpe. Las cerillas encendidas cayeron chisporroteando sobre la nieve, pero la corteza de abedul estaba encendida. Se puso a echar hierbas secas y ramitas diminutas sobre las llamas. No podía coger ni elegir, porque no le quedaba otro remedio que agarrar aquellos combustibles entre las bases de las manos. Las ramitas tenían pegados pedacitos de madera podrida y de musgo verde, y los desprendió lo mejor que pudo con los dientes. Cuidó la llama con cuidado y con torpeza. Significaba la vida, y no debía perecer. Pero la retirada de la sangre de la superficie de su cuerpo lo hizo echarse a temblar, y sus movimientos se volvieron más imprecisos. Y en mitad de la hoguera diminuta le cayó un pedazo grande de musgo verde. Intentó extraerlo con los dedos, pero los temblores de su cuerpo le hicieron empujarlo con demasiada fuerza, perturbando el núcleo del fuego, separando y desparramando las hierbas y las ramitas minúsculas que ardían. Intentó reunirlas otra vez, pero por mucho que se esforzó lo acabaron venciendo los temblores y las ramitas quedaron irremisiblemente desperdigadas. Cada una de ellas soltó una nubecilla de humo y se apagó. El proveedor de fuego había fracasado. Mientras echaba un vistazo apáticamente a su alrededor, su mirada se encontró con el perro, sentado al otro lado de las ruinas de la hoguera, en la nieve, moviéndose y encogiéndose nerviosamente, levantando ligeramente una pata delantera y después la otra, desplazando su peso de atrás hacia delante con melancólica ansiedad.

La visión del perro le dio una idea descabellada. Se acordaba de la historia de un hombre atrapado en una tormenta de nieve que se había salvado matando a un toro y metiéndose dentro de su carcasa. Mataría al perro y hundiría las manos dentro de su cuerpo caliente hasta que se le desentumecieran. Después encendería otra hoguera. Habló con el perro y lo llamó; pero en su voz había una extraña nota de miedo que asustó al animal, que nunca había oído al hombre hablar de aquella forma. Algo iba mal, y su naturaleza recelosa percibió peligro; no sabía cuál era el peligro, pero de alguna forma le surgió en el cerebro una aprensión hacia el hombre. Cuando le oyó la voz, las orejas se le pegaron al cráneo, y los movimientos y encogimientos nerviosos y levantamientos y desplazamientos de sus patas delanteras se volvieron más pronunciados. Pese a todo, se negó a acercarse al hombre. Este se puso a cuatro patas y echó a gatear hacia el perro. Aquella postura desacostumbrada volvió a despertar los recelos del animal, que se alejó con pasitos cortos y vacilantes.

El hombre se sentó un momento en la nieve y luchó para calmarse. Por fin se enfundó los mitones, ayudándose con los dientes, y se puso de pie. Bajó la vista un momento para asegurarse de que estaba realmente de pie, porque la ausencia de sensibilidad en los pies le hacía sentirse desconectado de la tierra. Su misma posición erecta empezó a disipar las telarañas de recelo de la mente del perro, y cuando el hombre habló en tono perentorio, con el sonido del látigo restallando en la voz, el perro se sometió como de costumbre y se le acercó. En cuanto se le puso a tiro, el hombre perdió el control. Lanzó los brazos contra el perro y experimentó una sorpresa genuina al descubrir que sus manos eran incapaces de agarrar, que había perdido toda sensibilidad en los dedos y la capacidad de doblarlos. Se había olvidado momentáneamente de que los tenía congelados y de que se le estaban congelando cada vez más. Todo esto sucedió deprisa, y antes de que el animal se pudiera apartar, el hombre le rodeó el cuerpo con los brazos. Se sentó en la nieve y mantuvo al perro abrazado, mientras el animal gruñía, gemía y forcejeaba.

Pero no podía hacer más que aquello: quedarse allí sentado y rodearle el cuerpo con los brazos. Se dio cuenta de que no podía matar al perro. No había forma de hacerlo. Con las manos impotentes no podía desenvainar ni coger el cuchillo ni tampoco estrangular al animal. Lo dejó ir y el perro se alejó corriendo frenéticamente, con el rabo entre las patas y sin dejar de gruñir. Se detuvo a una docena de metros y examinó al hombre con curiosidad y las orejas marcadamente proyectadas hacia delante. El hombre bajó la vista para localizarse las manos y se las encontró colgando al final de los brazos. Le resultó curioso verse obligado a usar la vista para averiguar dónde tenía las manos. Se puso a sacudir los brazos hacia delante y atrás, golpeándose las manos enfundadas en mitones contra los costados. Se pasó cinco minutos haciéndolo, con violencia, hasta que el corazón le bombeó la suficiente sangre a la superficie como para detenerle los temblores. Pero no consiguió recuperar la sensibilidad en las manos. Tenía la impresión de que le colgaban como pesas al final de los brazos, pero cuando intentó verificar esa impresión, no lo consiguió.

Le sobrevino un vago miedo a la muerte, plomizo y opresivo. Y ese miedo no tardó en hacerse agudo cuando se dio cuenta de que ya no solo corría peligro de congelarse los dedos de manos y pies, ni de perder dichas extremidades; era su vida misma lo que estaba en juego, y lo tenía todo en contra. Esto le hizo entrar en pánico, y dio media vuelta y echó a correr por el lecho del arroyo, siguiendo el viejo y tenue camino. El perro salió corriendo tras él y se le puso al lado. El hombre corría a ciegas, sin objetivo, movido por un miedo que no había conocido jamás. Poco a poco, mientras trastabillaba y avanzaba a trompicones por la nieve, empezó a ver las cosas de nuevo: los márgenes del arroyo, las presas de troncos viejos, los álamos temblones sin hojas, el cielo. El hecho de correr le hacía sentirse mejor. Ya no temblaba. Quizás, si seguía corriendo, se le descongelarían los pies; y en cualquier caso, si corría suficiente, llegaría al campamento con los muchachos. Estaba claro que perdería dedos tanto de las manos como de los pies, y también una parte de la cara; pero los muchachos se harían cargo de él y salvarían lo que quedara cuando llegara. Al mismo tiempo, había otra parte de su mente que le decía que nunca llegaría al campamento con los muchachos; que estaba demasiado lejos, que la congelación le llevaba demasiada ventaja y que pronto estaría rígido y muerto. Mantuvo esta última idea en un segundo plano y se negó a planteársela. Por momentos, sin embargo, salía al frente y exigía ser escuchada, pero él la empujaba hacia atrás y luchaba por pensar en otras cosas.

Le resultaba curioso el hecho de ser capaz de correr con unos pies tan congelados que no los sentía cuando pisaban el suelo y soportaban el peso de su cuerpo. Le daba la sensación de estar deslizándose por encima de la superficie y de no tener contacto alguno con la tierra. Una vez había visto en alguna parte la representación de un Mercurio alado, y se preguntó si Mercurio, cuando sobrevolaba la tierra, se debía de sentir como se sentía él ahora.

Su plan de correr hasta llegar al campamento con los muchachos tenía un defecto, sin embargo: su cuerpo carecía de la resistencia necesaria. En varias ocasiones trastabilló, hasta que por fin se tambaleó, se dobló por la mitad y se cayó. Cuando intentó incorporarse, no lo consiguió. Decidió que tenía que quedarse sentado y descansar, y que en su siguiente intento se limitaría a caminar. Mientras recobraba el aliento, sentado, se fijó en que se sentía bastante caliente y cómodo. No estaba temblando, e incluso le parecía que se le había despertado cierta calidez en el pecho y el tronco. Pese a todo, cuando se tocó la nariz o las mejillas, no sintió nada. No se las iba a descongelar por mucho que corriera. Ni tampoco las manos y pies. De pronto le vino a la cabeza la idea de que las partes congeladas de su cuerpo se debían de estar extendiendo. Intentó mantener este pensamiento a raya, olvidarlo, pensar en otra cosa; era consciente del pánico que le causaba, y entrar en pánico le daba miedo. Pero la idea se reafirmó a sí misma y persistió hasta producir una visión de su cuerpo totalmente congelado. Fue demasiado, y le hizo echarse a correr otra vez frenéticamente por el camino. En un momento dado aminoró la marcha hasta caminar, pero la idea de que se le estuviera propagando la congelación lo hizo correr otra vez.

Y todo aquel tiempo el perro corrió con él, pisándole los talones. Cuando vio que el hombre se caía por segunda vez, se enroscó el rabo en torno a las patas delanteras y se le sentó delante, mirándolo, curiosamente solícito y atento. La calidez y la seguridad del animal lo alteraron, y lo maldijo hasta que agachó las orejas. Aquella vez los temblores tardaron menos en acometer al hombre. Estaba perdiendo su batalla con la congelación. Se le estaba infiltrando en el cuerpo por todos los costados. Esta idea le dio impulso, pero ya no corrió más que treinta metros antes de tambalearse y caerse de cara. Fue su último ataque de pánico. Cuando recobró el aliento y el control, se incorporó hasta quedar sentado y se planteó recibir a la muerte con dignidad. La idea, sin embargo, no se le ocurrió en estos términos. Lo que se le ocurrió era que había estado haciendo el ridículo, corriendo como un pollo sin cabeza; esa fue la comparación que le vino a la cabeza. A fin de cuentas, se iba a morir congelado de todas maneras, así que más le valía asumirlo con decencia. Aquella nueva paz mental vino acompañada de los primeros atisbos de adormecimiento. Le pareció buena idea morirse dormido. Sería como tomar anestesia. Congelarse no estaba tan mal como creía la gente. Había formas mucho peores de morir.

Se imaginó que los muchachos encontraban su cadáver al día siguiente. De pronto se vio con ellos, viniendo por el camino y buscándose. Y, todavía con ellos, llegó a un recodo del camino y se encontró a sí mismo yaciendo en la nieve. Ya no estaba ubicado en su propio cuerpo, sino fuera de él, de pie con los muchachos y contemplando aquel cuerpo en la nieve. Hacía frío de verdad, fue lo que pensó. Cuando volviera a Estados Unidos, le iba a contar a la gente lo que era el frío de verdad. A continuación, la mente le saltó a una visión del viejo del arroyo Sulphur. Lo pudo ver con gran claridad, caliente, cómodo y fumándose una pipa.

—Tenías razón, abuelo; tenías razón —le murmuró al viejo del arroyo Sulphur.

Después se fue sumiendo en el que le pareció el letargo más cómodo y gratificante que había conocido nunca. El perro estaba sentado, mirándolo y esperando. El breve día tocaba a su fin con un crepúsculo largo y lento. No había indicios de que fuera a llegar ninguna hoguera, y, además, el perro jamás había visto a ningún hombre que encendiera un fuego tras quedarse así sentado en la nieve. A medida que avanzaba el crepúsculo, sus ansias de fuego se adueñaron de su voluntad, y, con una sacudida vigorosa de las patas, soltó un gemido suave y pegó las orejas al cráneo, preparado para la regañina del hombre. Pero el hombre guardó silencio. Un rato más tarde, el perro gimió enérgicamente. Y al cabo de un rato más, se acercó lo bastante al hombre para captar el aroma de la muerte. Aquello le hizo retroceder con el pelaje erizado. Se demoró un momento más, aullando bajo las estrellas que saltaban y danzaban y resplandecían en el frío cielo. Por fin dio media vuelta y se alejó al trote por el camino en dirección al campamento que conocía, donde estaban los demás proveedores de comida y de fuego.

El chinago

El coral se expande y la palmera crece,
pero el hombre se marcha.

Proverbio tahitiano

Ah Cho no entendía el francés. Estaba sentado en la sala abarrotada del tribunal, fatigado y aburrido, escuchando las incesantes y explosivas peroratas en francés que pronunciaba un funcionario tras otro. Para Ah Cho era pura jerigonza, y lo maravillaba la estupidez de aquellos franceses que tanto estaban tardando en encontrar al asesino de Chung Ga; de hecho, estaban lejos de encontrarlo. Los quinientos culis de la plantación sabían que el asesino había sido Ah San, pero Ah San ni siquiera estaba detenido. Era cierto que los culis habían acordado en secreto no testificar los unos en contra de los otros; aun así, estaba todo tan claro que los franceses deberían haber podido descubrir que se trataba de Ah San. Eran muy tontos, aquellos franceses.

Ah Cho no había hecho nada de lo que debiera tener miedo. No había participado en el asesinato. Era cierto que lo había presenciado, y que Schemmer, el capataz de la plantación, había entrado corriendo a los barracones inmediatamente después y lo había pillado allí, junto con cuatro o cinco más; pero ¿qué problema había? A Chung Ga solo le habían dado dos puñaladas. Era evidente que cinco o seis hombres no podían infligir dos heridas por arma blanca. Como máximo lo podrían haber hecho dos hombres, a razón de una puñalada por cabeza.

Esto era lo que Ah Cho había razonado mientras él y sus cuatro compañeros mentían, ocultaban y confundían en sus declaraciones al tribunal acerca de los hechos. Habían oído el asesinato y habían llegado corriendo a la escena, igual que Schemmer. Simplemente habían llegado antes que Schemmer. Cierto: Schemmer había testificado que le había llamado la atención un ruido de pelea cuando pasaba por allí y que se había pasado casi cinco minutos frente al barracón; que, al entrar, se había encontrado a los prisioneros ya dentro; y que ellos no podían haber entrado justo antes, porque él había estado junto a la única puerta del barracón. Pero ¿qué problema había? Ah Cho y los otros cuatro prisioneros se habían limitado a declarar que Schemmer se equivocaba. Los terminarían soltando. No les cabía duda. No podían decapitar a cinco hombres por un par de puñaladas. Además, ningún diablo extranjero había visto el asesinato. Pese a todo, aquellos franceses eran muy tontos. En China, como bien sabía Ah Cho, el magistrado los habría mandado a todos a tortura y habría averiguado la verdad. La verdad se averiguaba muy fácilmente mediante torturas. Pero ¡aquellos franceses no torturaban, los muy necios! Así pues, jamás averiguarían quién había matado a Chung Ga.

Pero Ah Cho no lo entendía todo. La compañía inglesa, que era dueña de la plantación, había hecho un gasto considerable para trasladar a los quinientos culis a Tahití. Los accionistas estaban pidiendo a gritos sus dividendos, y la compañía todavía no había pagado ninguno; así pues, la compañía no quería que aquellos jornaleros tan caros cogieran la costumbre de matarse entre ellos. Además, también tenían que lidiar con los franceses, siempre deseosos de imponer a los chinagos las virtudes y excelencias de la ley francesa. No había nada como sentar ejemplo de vez en cuando; además, ¿para qué servía Nueva Caledonia si no era para enviar a los hombres a vivir allí el resto de sus vidas con sufrimiento y dolor, como castigo por el crimen de ser frágiles y humanos?

Ah Cho no entendía todo esto. Estaba sentado en la sala del tribunal, esperando el veredicto ignorante que los dejaría a él y a sus camaradas libres para volver a la plantación y cumplir con los términos de su contrato. Pronto se emitiría aquel veredicto. Y se cerraría el procedimiento judicial. Lo tenía claro. Ya no quedaban más testimonios ni más jerigonza. Los diablos franceses también estaban cansados, y era obvio que aguardaban el veredicto.

Y mientras esperaba, rememoró la época en que había firmado el contrato y había zarpado con rumbo a Tahití. Corrían malos tiempos en su aldea costera, hasta el punto de que se había considerado afortunado de poder comprometerse a trabajar durante cinco años en los Mares del Sur por cincuenta centavos mexicanos al día. Había hombres en su aldea que trabajaban duro por diez dólares mexicanos al año, y mujeres que tejían redes todo el año por cinco, mientras que en las casas de los tenderos había sirvientas que recibían cuatro dólares por un año de servicio. Y ahora él iba a recibir cincuenta centavos al día; ¡por un día, un solo día, iba a recibir tan principesca suma! ¿Qué problema había si el trabajo era duro? Al final de los cinco años regresaría a casa —lo especificaba el contrato— y ya no necesitaría volver a trabajar. Sería un hombre rico de por vida, con casa propia, esposa y unos hijos que crecerían para venerarlo. Sí, y detrás de la casa tendría un jardincillo donde meditar y reposar, con peces dorados en el estanque y campanillas tintineando en los árboles, y todo rodeado de una tapia bien alta para que nadie interrumpiera su meditación y su reposo.

En fin, ya había trabajado tres de aquellos cinco años. Ya era un hombre rico (en su país), merced a sus ganancias, y solo se interponían dos años más entre la plantación de algodón de Tahití y la meditación y el reposo que lo aguardaban. Ahora mismo, sin embargo, estaba perdiendo dinero por culpa de aquel accidente desafortunado que había sido estar presente en el asesinato de Chung Ga. Llevaba tres semanas en prisión, y por cada día de aquellas tres semanas había perdido cincuenta centavos. Ahora, sin embargo, el veredicto era inminente y le permitiría volver al trabajo.

Ah Cho tenía veintidós años. Era un joven feliz y afable y le costaba poco sonreír. Aunque tenía el cuerpo delgado a la manera asiática, su cara era redonda, circular como la luna, e irradiaba una complacencia amable y una cordialidad encantadora que resultaba inusual entre sus compatriotas. Y aquel aspecto iba acorde con su actitud. Jamás causaba problemas ni participaba en riñas. No apostaba. Su alma no era lo bastante tosca como para asemejarse a la del jugador. Se contentaba con las cosas pequeñas y los placeres simples. El silencio y la quietud cuando el día refrescaba, después del trabajo asfixiante en los campos de algodón, le reportaban una satisfacción infinita. Podía pasarse horas sentado contemplando una flor solitaria y filosofando sobre los misterios y los enigmas de la existencia. Una garza azul en una playita minúscula en forma de medialuna, un centelleo plateado de peces voladores, o bien una puesta de sol en tonos perla y rosado sobre la laguna, todo aquello podía sumirlo en un trance que le hacía olvidar la procesión de los días agotadores y el pesado látigo de Schemmer.

Schemmer, Karl Schemmer, era una bestia, una bestia salvaje. Pero se ganaba su salario. Les arrancaba hasta su última partícula de fuerza a los quinientos esclavos. Porque hasta que terminaban sus años de contrato eran justamente eso: esclavos. Schemmer trabajaba duro para extraerles su fuerza a aquellos quinientos cuerpos sudorosos y transmutarla en balas de mullido algodón listo para ser exportado. Y era su brutalidad dominante, férrea y primitiva lo que le permitía efectuar aquella transmutación. Además, contaba con la ayuda de un grueso cinturón de cuero, de casi ocho centímetros de ancho y un metro de largo, con el que cabalgaba siempre y que de vez en cuando restallaba sobre la espalda desnuda de un culi inclinado con un chasquido digno de una pistola. Y aquellos chasquidos eran frecuentes cuando Schemmer cabalgaba por los campos arados.

Una vez, al principio del primer año de contrato, Schemmer había matado a un culi de un solo puñetazo. No es que le hubiera aplastado la cabeza como si fuera una cáscara de huevo; aun así, el golpe había bastado para descomponer lo que había dentro, y el hombre había muerto tras una semana de enfermedad. Los chinos, sin embargo, no se habían quejado a los diablos franceses que gobernaban Tahití. Schemmer era su capataz. Era problema de ellos. Tenían que evitar su cólera de la misma forma en que evitaban el veneno de los ciempiés que acechaba en la hierba o se metían en los dormitorios durante las noches de lluvia. Los chinagos —que era como los llamaban los indolentes y morenos isleños— ya se aseguraban de no enojar demasiado a Schemmer. Lo cual se conseguía sirviéndole la medida exacta de trabajo eficiente. Aquel puñetazo de Schemmer le había costado miles de dólares a la compañía; a Schemmer, sin embargo, no le acarreó ningún problema.

Los franceses, que no tenían instinto colonial y

se entregaban a unos proyectos tan infantiles como fútiles para desarrollar los recursos de la isla, estaban encantados de ver triunfar a la compañía inglesa. ¿Qué importaban Schemmer y su puño formidable? ¿Y el chinago muerto? A fin de cuentas, no era más que un chinago. Además, había muerto de insolación, lo ponía el certificado médico. Cierto: en toda la historia de Tahití nunca había muerto nadie de insolación. Pero era eso, y precisamente eso, lo que hacía extraordinaria la muerte de aquel chinago. Lo decía el médico en su informe. Y era un hombre muy franco. Había que pagar los dividendos o bien se añadiría un fracaso más a la larga historia de fracasos en Tahití.

No había forma de entender a aquellos diablos blancos. Ah Cho meditó sobre aquella inescrutabilidad mientras esperaba el veredicto sentado en la sala del tribunal. No había forma de saber qué les pasaba por la cabeza. Ya había visto a unos cuantos de aquellos diablos blancos. Eran todos iguales: los marineros y los oficiales de las embarcaciones, los funcionarios franceses y los blancos de la plantación, Schemmer entre ellos. Sus mentes funcionaban de formas misteriosas e imposibles de descifrar. Se enfurecían sin causa aparente, y su furia siempre era peligrosa. En aquellas ocasiones eran como bestias salvajes. Se preocupaban por nimiedades y a veces podían esforzarse todavía más que los chinagos. No tenían la templanza de los chinagos; eran glotones, comían de forma prodigiosa y bebían de forma todavía más prodigiosa. Un chinago nunca sabía cuándo alguna de sus acciones los iba a complacer y cuándo iba a desencadenar una tormenta de cólera. Un chinago no podía saberlo nunca. Lo que una vez los complacía, la vez siguiente les podía provocar la furia. Había una cortina tras los ojos de los diablos blancos que ocultaba de la mirada del chinago el interior de sus mentes. Y luego, encima, estaba aquella eficiencia terrible de los diablos blancos, aquella capacidad para hacer cosas, para conseguir que funcionaran, para obtener resultados, para someter a sus voluntades todo lo que se arrastraba por la tierra y los poderes de los mismos elementos. Sí, los hombres blancos eran extraños y prodigiosos, y también eran diablos. Solo había que mirar a Schemmer.

Ah Cho se preguntó por qué estarían tardando tanto en formular el veredicto. Ni uno solo de los hombres sometidos a juicio le había puesto una mano encima a Chung Ga. Lo había matado Ah San y nadie más. Era Ah San quien había doblado hacia atrás el cuello de Chung Ga, agarrándole la coleta con una mano y con la otra rodeándole el cuerpo desde detrás y clavándole el cuchillo. Dos veces se lo había clavado. Allí en la sala del tribunal, con los ojos cerrados, Ah Cho volvió a ver el asesinato: la riña, los viles insultos de un lado y de otro, las calumnias y las injurias vertidas sobre unos ancestros venerables, las maldiciones a unas generaciones todavía no engendradas, el salto de Ah San, el agarrón de la coleta de Chung Ga, el cuchillo que se le hundía dos veces en la carne, la puerta que se abría de un golpe, la irrupción de Schemmer, la carrera hacia la puerta, la huida de Ah San, los trallazos del cinturón de Schemmer, que empujaron al resto hasta el rincón, y el disparo del revólver a modo de señal que traería ayuda a Schemmer. Ah Cho se estremeció al revivirlo. Uno de los trallazos del cinturón le había magullado la mejilla, arrancándole un jirón de piel. Schemmer había señalado las magulladuras al identificar a Ah Cho desde el banquillo de los testigos. Hasta ahora no habían dejado de ser visibles las marcas. Menudo golpe. Un centímetro más cerca del centro y le habría sacado un ojo. Luego Ah Cho se olvidó de todo mientras tenía una visión del jardín de meditación y reposo que sería suyo cuando volviera a su tierra.

Permaneció sentado con cara impasible mientras el magistrado emitía el veredicto. Igual de impasibles se mantenían los rostros de sus cuatro compañeros. Y así siguieron cuando el intérprete les explicó que a los cinco los habían declarado culpables del asesinato de Chung Ga; que Ah Chow sería decapitado, Ah Cho serviría veinte años de cárcel en Nueva Caledonia, Wong Li doce años y Ah Tong diez años. No tenía sentido exaltarse por aquello. Incluso Ah Chow permaneció inexpresivo como una momia, aunque era a él a quien le iban a cortar la cabeza. El magistrado añadió unas palabras, y el intérprete les explicó que el hecho de que Ah Chow fuera el que había quedado con la cara más magullada por el cinturón de Schemmer había comportado que resultara más fácil identificarlo; por tanto, como tenía que morir alguien, le había tocado a él. Asimismo, el hecho de que Ah Cho tuviera la cara casi igual de magullada, demostrando de forma concluyente su presencia en el asesinato y su participación indudable, le había reportado los veinte años de servidumbre penitenciaria. Y así sucesivamente, hasta llegar a los diez años de Ah Tong, se explicó la razón proporcional de cada sentencia. Los chinagos debían aceptar aquella lección, concluyó el tribunal, porque podían estar seguros de que la ley se cumpliría en Tahití aunque se desplomaran los cielos.

Los cinco chinagos fueron devueltos a la cárcel. No estaban conmocionados ni tampoco se sentían agraviados. El hecho de que las sentencias fueran inesperadas era en gran medida aquello a lo que estaban acostumbrados en sus tratos con los diablos blancos. Casi nunca esperaban de ellos otra cosa que lo inesperado. Aquel severo castigo por un crimen que no habían cometido no resultaba más extraño que las demás cosas extrañas que hacían los diablos blancos. Durante las semanas siguientes, Ah Cho contempló a menudo a Ah Chow con ligera curiosidad. Lo iba a decapitar la guillotina que estaban construyendo en la plantación. Para él no habría años de declive ni jardines de tranquilidad. Ah Cho filosofaba y especulaba sobre la vida y la muerte. En cuanto a sí mismo, no se sentía perturbado. Veinte años no eran nada más que veinte años. Era el tiempo que le habían postergado su jardín, nada más. Era joven, y tenía en los huesos la paciencia de Asia. Podía esperar aquellos veinte años, y para entonces ya se le habrían calmado los ardores de la sangre y estaría más predispuesto a los placeres serenos de aquel jardín. Se le ocurrió un nombre que ponerle: lo llamaría el Jardín de la Calma Matinal. La idea le alegró el día entero, y le inspiró para escribir una máxima moral sobre la virtud de la paciencia. La máxima resultó ser un gran consuelo, sobre todo para Wong Li y Ah Tong. Ah Chow, en cambio, no la apreció. Le iban a separar la cabeza del cuerpo en un lapso tan breve que no necesitaba paciencia para esperar aquel evento. Fumaba bien, comía bien, dormía bien y no le preocupaba que el tiempo pasara despacio.

Cruchot era gendarme. Había servido veinte años en las colonias, desde Nigeria y Senegal hasta los Mares del Sur, y aquellos veinte años no habían espabilado de forma perceptible su mente obtusa. Seguía siendo igual de corto de luces que durante sus años de campesino en el sur de Francia. Conocía la disciplina y el miedo a la autoridad, eso sí, y la única diferencia que veía entre Dios y el sargento de gendarmes era el grado de obediencia abyecta que les rendía. De hecho, en su mente, el sargento era más grande que Dios, salvo los domingos, que era cuando les tocaba hablar a los portavoces de Dios. El resto del tiempo Dios se mostraba muy remoto, mientras que el sargento siempre estaba a mano.

Fue Cruchot quien recibió la orden del presidente del tribunal al carcelero que ordenaba que dicho funcionario entregara a Cruchot la persona de Ah Chow. Resultó, sin embargo, que el presidente del tribunal había celebrado la noche antes una cena para el capitán y los oficiales del buque de guerra francés. Cuando escribió la orden, la mano le temblaba, y los ojos le dolían tanto que no la releyó después de escribirla. A fin de cuentas, lo que estaba firmando no era más que la ejecución de un chinago.

Así que no se fijó en que se había saltado la última letra del nombre de Ah Chow. La orden decía «Ah Cho», y por tanto, cuando Cruchot presentó la orden, el carcelero le entregó la persona de Ah Cho. Cruchot sentó a aquella persona a su lado en el pescante de una carreta tirada por dos mulas y se puso en marcha.

Ah Cho se alegró de estar al sol. Iba sentado junto al gendarme, sonriendo de oreja a oreja. Y sonrió con más ardor que nunca cuando percibió que las mulas ponían rumbo al sur, hacia Atimaono. Estaba claro que Schemmer lo había mandado llevar de vuelta a la plantación. Schemmer lo quería trabajando. Pues muy bien; trabajaría bien. Schemmer nunca había tenido motivo de queja. Era un día caluroso. La actividad mercantil estaba en suspenso. Las mulas sudaban, Cruchot sudaba y Ah Cho sudaba. Pero era Ah Cho quien sobrellevaba el calor con menos molestia. Había trabajado tres años bajo aquel sol en la plantación. Sonreía y sonreía con una afabilidad tan cordial que incluso una mente torpe como la de Cruchot se maravilló.

—Eres muy gracioso —le dijo por fin.

Ah Cho asintió con la cabeza y sonrió con ardor redoblado. A diferencia del magistrado, Cruchot le hablaba en la lengua de Kanaka, que Ah Cho entendía, igual que todos los chinagos y todos los diablos extranjeros.

—Sonríes demasiado —lo regañó Cruchot—. En un día como hoy deberías tener el corazón bañado en lágrimas.

—Estoy feliz de haber salido de la cárcel.

—¿Y eso es todo? —El gendarme se encogió de hombros.

—¿Acaso no es bastante? —fue la respuesta.

—Entonces, ¿no estás feliz de que te vayan a cortar la cabeza?

Ah Cho lo miró con perplejidad repentina y dijo:

—Pero si estoy volviendo a Atimaono para trabajar en la plantación de Schemmer. ¿No me estás llevando a Atimaono?

Cruchot se acarició el bigote largo con gesto reflexivo.

—Vaya, vaya —dijo por fin, dando un latigazo a la mula para meterla en vereda—. ¿O sea que no lo sabes?

—¿Qué es lo que no sé? —Ah Cho estaba empezando a sentir una vaga alarma—. ¿Es que Schemmer ya no me va a dejar trabajar para él?

—Después de hoy, ya no. —Cruchot se rio con jovialidad. Era un buen chiste—. Porque después de hoy ya no podrás trabajar. No se puede trabajar sin cabeza, ¿verdad que no? —Le dio un codazo al chinago en las costillas y soltó una risilla.

Ah Cho guardó silencio mientras las mulas trotaban a buen ritmo. Luego preguntó:

—¿Schemmer me va a cortar la cabeza?

Cruchot asintió con la cabeza, sonriente.

—Es una equivocación —dijo Ah Cho con gravedad—. El chinago al que han de decapitar no soy yo. Yo soy Ah Cho. El honorable juez decidió que me tengo que pasar veinte años en Nueva Caledonia.

El gendarme se rio. Era un buen chiste que aquel

chinago tan gracioso se intentara escapar de la guillotina. Las mulas cruzaron al trote un palmeral y siguieron durante un kilómetro por la ribera del mar resplandeciente antes de que Ah Cho volviera a hablar.

—Te digo que no soy Ah Chow. El honorable juez dijo que a mí no me tenían que cortar la cabeza.

—No tengas miedo —dijo Cruchot, con la intención filantrópica de echar un cable a su prisionero—. Morir de esa forma no es difícil. —Chasqueó los dedos—. Es así de rápido. No es como quedarte colgando de una cuerda, pataleando y haciendo muecas durante cinco minutos. Es igual que cuando matas a un pollo con un hacha. Le cortas la cabeza y ya está. Pues con un hombre es lo mismo. ¡Puf! Ya está. No duele. Ni siquiera piensas que te duele. De hecho, no piensas. Ya no tienes cabeza, o sea que no puedes pensar. Está muy bien. Así quiero morir yo, deprisa, sí. Tienes suerte de morir así. Podrías coger la lepra y caerte a trozos lentamente, dedo a dedo, luego el pulgar, luego los de los pies. Conocí a un hombre que se quemó con agua hirviendo. Tardó dos días en morir. Se lo oía gritar a un kilómetro de distancia. Tú, en cambio... ¡ah, qué fácil! ¡Chas! La cuchilla te corta el cuello y se acaba todo. Es posible que incluso te haga cosquillas. ¿Quién lo sabe? Nadie que haya muerto así ha vuelto nunca para explicarlo.

Este último le pareció un chiste atroz, y se permitió carcajearse durante medio minuto. Una parte de su hilaridad era fingida, pero le parecía que era su deber humanitario animar al chinago.

—Pero es que te digo que soy Ah Cho —insistió el otro—. No quiero que me corten la cabeza.

Cruchot frunció el ceño. El chinago estaba llevando aquella tontería demasiado lejos.

—No soy Ah Chow... —empezó a decir Ah Cho.

—Ya basta —lo interrumpió el gendarme. Infló las mejillas y trató de aparentar ferocidad.

—Te digo que no soy... —Ah Cho empezó otra vez.

—¡Que te calles! —vociferó Cruchot.

Después de aquello siguieron su camino en silencio. Había treinta kilómetros entre Papeete y Atimaono, y ya habían recorrido más de la mitad de aquella distancia para cuando el chinago se atrevió a hablar una vez más.

—Te vi en los juzgados, cuando el honorable juez determinó nuestra culpabilidad —empezó a decir—. Pues bien: ¿te acuerdas de que Ah Chow, a quien han de decapitar, era un hombre alto? Mírame a mí.

Se puso de pie de golpe y Cruchot comprobó que era un hombre de baja estatura. Y en aquel mismo momento Cruchot vio en su recuerdo a Ah Chow, y en aquel recuerdo Ah Chow era alto. Para Cruchot todos los chinagos eran iguales. Todos tenían la misma cara. Pero sí que podía distinguir entre uno alto y uno bajo, y así supo que tenía sentado a su lado al prisionero incorrecto. Frenó a las mulas en seco, de tal forma que la vara del carro salió disparada hacia delante y les levantó los yugos.

—¿Lo ves? Es una equivocación —dijo Ah Cho, con una sonrisa amable.

Pero Cruchot estaba pensando. Ya se arrepentía de haber parado la carreta. No sabía qué error había cometido el presidente del tribunal, y tampoco tenía forma de averiguarlo. Pero sí sabía que le habían dado a aquel chinago para que lo llevara a Atimaono y por tanto era su deber llevarlo a Atimaono. ¿Qué pasaba si era el hombre equivocado y le cortaban la cabeza? A fin de cuentas, solo era un chinago, ¿y qué era un chinago? Además, quizás no hubiera ninguna equivocación. No tenía ni idea de qué les pasaba por la cabeza a sus superiores. Pero sabían hacer su trabajo. ¿Quién era él para pensar por ellos? Una vez, hacía mucho tiempo, había intentado pensar por ellos, y el sargento le había dicho: «¡Cruchot, eres un necio! Cuanto antes lo asumas, mejor te irá. No tienes que pensar; tienes que obedecer y dejar que sean tus superiores quienes piensen». Se estremeció al recordarlo. Además, si volvía a Papeete, demoraría la ejecución en Atimaono, y si se equivocaba al dar media vuelta, se llevaría una reprimenda del sargento que estaba esperando al prisionero. Y encima se llevaría otra en Papeete.

Tocó a las mulas con el látigo y reanudó la marcha. Se miró el reloj. Ya iba con media hora de retraso y el sargento se iba a enfadar. Hizo trotar más deprisa a las mulas. Cuanto más insistía Ah Cho en explicar la equivocación, más se obstinaba Cruchot. Saber que llevaba al hombre equivocado no le mejoraba el humor. Saber que la equivocación no había sido suya, en cambio, lo reafirmaba en la idea de que el error que estaba cometiendo era lo correcto. Y prefería llevar a una docena de chinagos incorrectos a su muerte que incurrir en el disgusto del sargento.

En cuanto a Ah Cho, después de que el gendarme lo golpeara en la cabeza con la culata del látigo y le ordenara con voz estridente que se callara, no le quedó más remedio que callarse. El largo trayecto continuó en silencio. Ah Cho reflexionó sobre la extraña conducta de los diablos extranjeros. No tenía explicación. Lo que estaban haciendo con él concordaba con todo lo demás que hacían. Primero declaraban culpables a cinco hombres inocentes y después decapitaban al hombre que ellos mismos, en su ignorancia total, habían juzgado merecedor de nada más que veinte años de encarcelamiento. Y no podía hacer nada. Solo podía sentarse ociosamente y aceptar lo que le quisieran hacer aquellos señores de la vida. En un momento dado le entró el pánico y se le enfrió el sudor que le cubría el cuerpo; pero luchó hasta refrenarlo. Se esforzó para resignarse a su destino a base de recordar y repetir ciertos pasajes del *Yin Chih Wen*, el *Tratado de la serenidad*; pero no paraba de ver su jardín soñado de la meditación y el reposo. Aquello lo afligió, hasta que se abandonó al ensueño y se sentó en su jardín a escuchar el tintineo de las campanillas de los árboles. Y maravilla, allí sentado fue capaz de recordar y repetir los pasajes del *Tratado de la serenidad*.

De forma que el tiempo pasó agradablemente hasta que llegaron a Atimaono y las mulas se acercaron trotando al pie del cadalso, a cuya sombra esperaba con impaciencia el sargento. Ah Cho fue llevado con prisas por la escalera del cadalso. Debajo de él y a un lado vio reunidos a todos los culis de la plantación. Schemmer había decidido que el evento sería una buena lección práctica, de manera que había hecho venir a todos los culis de los campos y los había obligado a estar presentes. Cuando vieron a Ah Cho se pusieron a parlotear entre ellos en voz baja. Veían la equivocación, pero se la estaban guardando para sí mismos. Estaba claro que aquellos diablos blancos incomprensibles habían cambiado de plan. En vez de quitarle la vida a un inocente, le iban a quitar la vida a otro inocente. Ah Chow o Ah Cho, ¿qué más daba? Nunca podrían entender a aquellos perros blancos, igual que los perros blancos no los podrían entender a ellos. A Ah Cho le iban a cortar la cabeza, mientras que ellos, cuando se terminaran los dos años que les quedaban de servidumbre, iban a volver a China.

Schemmer había construido él mismo la guillotina. Era un hombre mañoso, y aunque nunca había visto una guillotina, los funcionarios franceses le habían explicado sus principios básicos. Fue por sugerencia suya que se había establecido que la ejecución tuviera lugar en Atimaono en lugar de en Papeete. La escena del crimen, había sostenido Schemmer, era el mejor lugar posible para el castigo, y, además, tendría una influencia saludable para el medio millar de chinagos de la plantación. Schemmer también se había ofrecido voluntario para hacer de verdugo, y en aquella capacidad se encontraba ahora sobre el cadalso, probando el instrumento que había fabricado. Bajo la guillotina había un tronco de platanero, del mismo diámetro y consistencia que un cuello humano. Ah Cho lo contempló con fascinación. El alemán, accionando una pequeña manivela, izó la cuchilla hasta la parte superior del puntal que había construido. Un tirón de una recia soga soltó la cuchilla, que cayó con un centelleó, cercenando limpiamente el tronco.

—¿Qué tal funciona? —le preguntó el sargento, subiendo a lo alto del cadalso.

—De maravilla —fue la respuesta exultante de Schemmer—. Déjeme que se lo enseñe.

Y volvió a hacer girar la manivela que subía la cuchilla y, dando un tirón de la cuerda, la hizo caer nuevamente sobre la madera blanda del árbol. Esta vez, sin embargo, solo atravesó dos terceras partes del tronco.

El sargento frunció el ceño.

—Con eso no basta —dijo.

Schemmer se secó el sudor de la frente.

—Lo que necesita es más peso —anunció. Se acercó al borde del cadalso y levantó la voz para pedirle al herrero un pedazo de hierro de quince kilos. Mientras se agachaba para sujetar el hierro al lado romo de la cuchilla, Ah Cho echó un vistazo al sargento y vio su oportunidad.

—El honorable juez dijo que había que cortarla la cabeza a Ah Chow —empezó a decir.

El sargento asintió con la cabeza, impaciente. Tenía en mente el trayecto de veinticinco kilómetros que lo había de llevar aquella tarde al lado de barlovento de la isla, y también a Berthe, la guapa hija mestiza de Lafière, el mercader de perlas, que lo esperaba al final de dicho trayecto.

—Pero yo no soy Ah Chow. Soy Ah Cho. El honorable carcelero se ha equivocado. Ah Chow es un hombre alto, y ya puede usted ver que yo no.

El sargento le echó un vistazo apresurado y vio la equivocación.

—¡Schemmer! —lo llamó en tono imperioso—. ¡Venga aquí!

El alemán gruñó, pero siguió inclinado sobre su tarea hasta que el pedazo de hierro quedó sujeto de forma satisfactoria.

—¿Está listo el chinago? —exigió saber.

—Mírelo —fue la respuesta—. ¿Es este el chinago?

Schemmer se quedó sorprendido. Soltó una sarta de palabrotas y miró con pesar el aparato que había construido y que estaba ansioso por ver funcionar.

—Mire —dijo por fin—. No podemos posponer esto. Ya he perdido tres horas de trabajo de esos quinientos chinagos. No me puedo permitir perderlas otra vez para traer al hombre adecuado. Celebremos la ejecución igualmente. Solo es un chinago.

El sargento se acordó del largo trayecto que lo esperaba y de la hija del mercader de perlas y debatió consigo mismo.

—La culpa le caerá a Cruchot, si es que se descubre —le insistió Schemmer—. Pero es poco probable que se descubra. Ah Chow no lo va a denunciar, eso está claro.

—No le echarán la culpa a Cruchot, en cualquier caso —dijo el sargento—. Se debe de haber equivocado el carcelero.

—Pues sigamos adelante. No nos pueden culpar a nosotros. ¿Quién puede distinguir a un chinago de otro? Podemos decir que nos hemos limitado a cumplir las órdenes con el chinago que nos han entregado. Además, no puedo tener otra vez a todos estos culis sin trabajar.

Hablaban en francés, y Ah Cho, que no entendía ni una palabra, supo aun así que estaban decidiendo su destino. Supo también que la decisión recaía en el sargento, y se concentró en los labios del oficial.

—Muy bien —anunció el sargento—. Siga adelante. Solo es un chinago.

—Voy a probar la máquina una vez más, solo para asegurarme. —Schemmer movió hacia delante el tronco del platanero por debajo de la cuchilla, que había vuelto a izar hasta lo alto del puntal.

Ah Cho intentó recordar máximas del *Tratado de la serenidad*. Le vino a la cabeza «vive en armonía», pero no se podía aplicar, porque no iba a vivir. Estaba a punto de morir. No, aquella no servía. «Perdona la malicia»; sí, pero allí no había malicia que perdonar. Schemmer y los demás estaban haciendo aquello sin malicia. Para ellos era una simple tarea pendiente, igual que lo eran desbrozar la selva, canalizar el agua y plantar algodón. Schemmer tiró de la cuerda y Ah Cho se olvidó del *Tratado de la serenidad*. La cuchilla cayó con un golpe seco, cortando limpiamente el tronco.

—¡Maravilloso! —exclamó el sargento, deteniéndose para encenderse un cigarrillo—. Maravilloso, amigo mío.

El elogio complació a Schemmer.

—Venga, Ah Chow —le dijo en lengua tahitiana.

—Pero es que no soy Ah Chow... —empezó a decir Ah Cho.

—¡Cállate! —fue la respuesta—. Como vuelvas a abrir la boca, te parto la cabeza.

El capataz lo amenazó con el puño y él guardó silencio. ¿De qué servía protestar? Aquellos diablos extranjeros siempre hacían lo que querían. Dejó que lo amarraran al tablón vertical, que era del mismo tamaño que su cuerpo. Schemmer afianzó las hebillas tan fuerte que las correas se le clavaron en la carne y le hicieron daño. Pero Ah Cho no se quejó. El dolor no duraría. Sintió que el tablón se inclinaba para ponerse horizontal y cerró los ojos. Y en aquel momento vislumbró por última vez su jardín de meditación y reposo. Le pareció que estaba sentado en aquel jardín. Soplaba una brisa fresca y las campanillas de los árboles tintineaban suavemente. También había pájaros cantando plácidamente, y del otro lado de la alta tapia venían los ruidos lejanos de la vida en la aldea.

Luego se dio cuenta de que el tablón se había detenido y, por la presión y la tensión que sentía en los músculos, supo que estaba tumbado boca arriba. Abrió los ojos. Vio justo encima de él la cuchilla suspendida, centelleando al sol. Vio la pesa que le habían añadido y reparó en que se había soltado uno de los nudos de Schemmer. Luego oyó que el sargento emitía su orden con voz cortante. Ah Cho cerró los ojos a toda prisa. No quería ver caer la cuchilla. Pero sí la sintió, durante un enorme instante fugaz. Y en aquel instante se acordó de Cruchot y de lo que Cruchot le había dicho. Pero Cruchot estaba equivocado. La cuchilla no hacía cosquillas. Eso al menos supo antes de dejar de saber.

Koolau el Leproso

—Como estamos enfermos, nos quitan la libertad. Hemos obedecido la ley. No hemos hecho nada malo. Aun así, nos meten en la cárcel. Molokai es una cárcel. Eso lo sabéis. Ese de ahí, Niuli..., a su hermana la mandaron hace siete años a Molokai. Lleva desde entonces sin verla. Ni la volverá a ver. Porque se quedará allí hasta que se muera. Y no por voluntad propia. Ni tampoco por voluntad de Niuli. Es porque así lo quieren los hombres blancos que gobiernan las islas. ¿Y quiénes son esos hombres blancos?

»Lo sabemos. Nos lo dijeron nuestros padres y los padres de nuestros padres. Llegaron como corderitos, hablando por lo bajo. Y más les valía hablar por lo bajo, porque éramos muchos y fuertes, y todas las islas eran nuestras. Como digo, hablaban por lo bajo. Los había de dos clases. Los de una clase nos pidieron permiso, nuestro amable permiso, para predicarnos la palabra de Dios. Los de la otra clase nos pidieron permiso, nuestro amable permiso, para comerciar con nosotros. Ese fue el principio. Ahora les pertenecen todas las islas, toda la tierra, el ganado... todo es suyo. Los que antes predicaban la palabra de Dios y los que antes predicaban la palabra del Ron ahora se han unido y se han convertido en grandes jefes. Viven como reyes en casas de muchas habitaciones, con ejércitos de sirvientes cuidando de ellos. Quienes no tenían nada ahora lo tienen todo, y si vosotros, o yo, o cualquier kanaka pasa hambre, se burlan y te dicen: "¿Pues por qué no trabajas? Para eso están las plantaciones".

Koolau hizo una pausa. Alzó una mano y con los dedos nudosos y retorcidos se levantó la guirnalda resplandeciente de hibisco que le coronaba el pelo negro. La luna bañaba la escena de una luz plateada. Era una noche tranquila, aunque quienes estaban sentados alrededor de Koolau, escuchándolo, tenían toda la apariencia de ser los despojos de una batalla. Sufrían la facies leonina. En el lugar donde debería haber una nariz se abría un agujero, y allí donde se había gangrenado una mano, quedaba un muñón. Eran hombres y mujeres expulsados del mundo, los treinta que había, porque había descendido sobre ellos la marca de la bestia.

Ahora estaban sentados con sus guirnaldas de flores en la noche perfumada y luminosa; con los labios hacían ruidos groseros y con las gargantas emitían gruñidos de aprobación a lo que estaba diciendo Koolau. Eran criaturas que antaño habían sido hombres y mujeres, pero ya no lo eran. Eran monstruos; sus rostros y sus figuras eran caricaturas de la humanidad. Se encontraban repulsivamente mutilados y deformados, y tenían apariencia de haber sufrido milenios en el infierno. Sus manos, cuando las poseían, eran como garras de arpías. Sus caras eran errores y pruebas fallidas, golpeadas y aplastadas por un dios loco que jugaba con la maquinaria de la vida. Aquí y allí había rasgos que el dios loco había borrado a medias, y una mujer derramaba lágrimas ardientes desde unos hoyos gemelos de horror donde antaño había tenido los ojos. Algunos padecían dolor y gemían desde lo más hondo. Otros tosían, emitiendo un ruido como el que se hace al rasgar un tejido. Dos eran idiotas, parecidos a simios enormes y tan mal hechos que a su lado incluso un simio parecía un ángel. Mugían y farfullaban bajo la luna, bajo sus coronas de flores doradas y mustias. Uno de ellos, cuyo lóbulo inflado le pendía sobre el hombro como si fuera un abanico, cogió una flor preciosa de colores naranja y escarlata y se decoró con ella aquella oreja monstruosa que se le agitaba cada vez que se movía.

Y de todas aquellas criaturas Koolau era el rey. Y aquel era su reino: un barranco infestado de flores, salpicado de peñascos y riscos salientes, desde los cuales llegaban los balidos de las cabras salvajes. En tres de los lados se elevaban las paredes sombrías, engalanadas con fantásticos cortinajes de vegetación tropical y salpicadas de entradas a cuevas: las guaridas de roca de los súbditos de Koolau. En el cuarto lado, la tierra se hundía para formar un abismo tremendo; mucho más abajo se veían cimas de montes y peñas de menor envergadura, a cuyo pie espumeaba y bramaba el oleaje del Pacífico. Cuando hacía buen tiempo, se podía desembarcar en la playa pedregosa que marcaba la entrada al valle de Kalalau, pero tenía que hacer muy buen tiempo. Y un montañero con sangre fría podía escalar desde la playa hasta la parte alta del valle, aquel reducto entre las cúspides donde reinaba Koolau; pero dicho montañero debería tener mucha sangre fría, y también debería conocer muy bien los senderos de las cabras. El milagro era que la masa de despojos humanos que constituía el pueblo de Koolau hubiera conseguido arrastrar su miseria impotente por los retorcidos senderos hasta aquel lugar inaccesible.

—Hermanos —empezó a decir Koolau.

Pero en aquel momento uno de aquellos engendros simiescos y guturales emitió un chillido descabellado de locura, y Koolau tuvo que esperar a que la aguda risotada rebotara de lado a lado por entre las murallas de roca y emitiera sus ecos lejanos en la noche inerte.

—Hermanos, ¿no es extraño? La tierra era nuestra y ahora mirad: ya no lo es. ¿Qué nos dieron a cambio de la tierra aquellos predicadores de la palabra de Dios y aquellos predicadores de la palabra del Ron? ¿Acaso habéis recibido un dólar, un solo dólar, alguno de vosotros, a cambio de la tierra? Sin embargo, les pertenece a ellos, y a cambio nos dicen que podemos ponernos a trabajar en ella, en su tierra, y que lo que produzcamos con nuestro esfuerzo será suyo. Pero en los viejos tiempos no necesitábamos trabajar. Y encima, cuando enfermamos, nos quitan la libertad.

—¿Y quién trajo la enfermedad, Koolau? —quiso saber Kiloliana, un hombre flaco y enjuto con una cara tan parecida a la de un fauno riéndose que solo le faltaban las pezuñas hendidas en vez de pies. Y las tenía hendidas, de hecho, pero las hendiduras eran llagas enormes y putrefacción lívida. Aquel, sin embargo, era Kiloliana, el escalador más atrevido del grupo, el hombre que conocía hasta el último sendero de cabras y que había guiado a Koolau y a sus desdichados seguidores hasta los recovecos de Kalalau.

—Sí, buena pregunta —contestó Koolau—. Como nos negamos a trabajar en los cañaverales de azúcar que se extienden durante kilómetros allí donde solían pastar nuestros caballos, trajeron a los esclavos chinos de ultramar. Y con ellos vino la enfermedad china, la que padecemos y por culpa de la cual nos encarcelan en Molokai. Nacimos en Kauai. Hemos estado en las demás islas, algunos aquí y algunos allá, en Oahu, en Maui, en Hawái y en Honolulu. Pero siempre hemos vuelto a Kauai. ¿Y por qué hemos vuelto? Debe de haber alguna razón. Pues porque amamos Kauai. Nacimos aquí, hemos vivido aquí, y moriremos aquí. A menos... a menos... que haya espíritus débiles entre nosotros. A esos no los queremos. Esos pueden irse a Molokai. Si los hay, que no se queden. Mañana los soldados desembarcarán en la costa. Que los espíritus débiles se marchen con ellos. Los mandarán con presteza a Molokai. Nosotros, en cambio, debemos quedarnos y luchar. Pero sabed que no moriremos. Tenemos rifles. Ya conocéis esos pasos angostos por donde los hombres solo pueden caminar en fila india. Yo, Koolau, que antaño fui vaquero en Niihau, puedo defender a solas la ruta de acceso contra un millar de hombres. Está aquí Kapahei, que antaño fue juez de los hombres y es un hombre de honor, aunque ahora sea una rata perseguida, igual que vosotros y que yo. Escuchadlo. Es sabio.

Kapahei se incorporó. Antaño había sido juez. Había ido a la universidad en Punahou. Se había sentado a la misma mesa que los señores y los altos representantes de las potencias extranjeras que protegían los intereses de los comerciantes y los misioneros. Aquel había sido Kapahei. Hoy, en cambio, era una rata perseguida, una criatura fuera de la ley, tan hundida en el lodo del horror humano que se encontraba tan por encima de la ley como por debajo de ella. Su cara carecía de otros rasgos que no fueran orificios abiertos y unos ojos sin párpado que ardían bajo un ceño sin cejas.

—No queremos causar problemas —empezó a decir—. Pedimos que nos dejen en paz. Pero si no nos dejan en paz, entonces el problema será de ellos, y también el castigo. Ya no tengo dedos, como podéis ver. —Levantó los muñones de las manos para que se los viera todo el mundo—. Pero todavía me queda la articulación de un pulgar, que puede apretar el gatillo con tanta firmeza como lo apretaba en otros tiempos su vecino desaparecido. Amamos Kauai. Hemos de vivir aquí o morir aquí, pero no iremos a la cárcel de Molokai. La enfermedad no es nuestra. No hemos pecado. La enfermedad la trajeron los hombres que predicaban la palabra de Dios y la palabra del Ron, junto con los esclavos culis que trabajan la tierra robada. He sido juez. Conozco la ley y la justicia y os digo que es injusto robarle la tierra a un hombre, hacer que ese hombre contraiga la enfermedad china y después meterlo en la cárcel de por vida.

—La vida es breve y sus días están llenos de dolor —dijo Koolau—. Bebamos y bailemos y seamos felices mientras podamos.

De una de las guaridas de la roca alguien trajo calabazas y las repartió. Las calabazas estaban llenas de la feroz destilación de la raíz de la planta Ti; y mientras el fuego líquido circulaba entre ellos y les subía a la cabeza, se olvidaron de que habían sido hombres y mujeres en el pasado, porque volvieron a serlo. La mujer que derramaba lágrimas ardientes de sus cuencas vacías volvió ciertamente a ser una mujer llena de vida mientras tañía las cuerdas de un ukelele y elevaba la voz en un lamento de amor bárbaro, como la que podría haber venido de las profundidades oscuras de los bosques del mundo primordial. Su canto reverberó en el aire, suavemente imperioso y seductor. Sobre una estera, acompasando su ritmo con la canción de la mujer, Kiloliana se puso a bailar. Era inconfundible. El amor danzaba en todos sus movimientos, y, al cabo de un momento, apareció danzando a su lado sobre la estera una mujer cuyas amplias caderas y pechos generosos desmentían su cara corroída por la enfermedad. Era un baile de muertos en vida, porque en sus cuerpos en desintegración la vida todavía amaba y anhelaba. Y la mujer cuyos ojos ciegos derramaban lágrimas ardientes no dejó de cantar su llamada de amor, y los danzantes no dejaron de danzar su amor en la noche cálida, y las calabazas no dejaron de circular hasta que a todos se les llenaron los cerebros de gusanos de recuerdo y deseo. Y junto a la mujer de la estera se puso a bailar una moza esbelta cuya cara hermosa estaba intacta, pero cuyos brazos retorcidos que se elevaban y descendían padecían los estragos de la enfermedad. Y los dos idiotas, farfullando y emitiendo ruidos extraños, danzaban aparte, grotescos, fantásticos, parodiando el amor del mismo modo que la vida los había convertido en parodias a ellos.

Pero el lamento de amor de la mujer se interrumpió a medias, las calabazas bajaron y los danzantes cesaron de bailar, y todos contemplaron el abismo sobre el mar, donde una bengala centelleó como un tenue fantasma por el aire iluminado por la luna.

—Son los soldados —dijo Koolau—. Mañana habrá batalla. Nos conviene dormir y estar preparados.

Los leprosos obedecieron y se retiraron cansinamente a sus guaridas del barranco, hasta que solo quedó Koolau, sentado inmóvil bajo la luna, con el rifle en el regazo, contemplando en la lejanía las barcas que desembarcaban en la playa.

La remota parte alta del valle de Kalalau había sido bien elegida como refugio. A excepción de Kiloliana, conocedor de sendas que subían por las paredes del precipicio, nadie podía acceder al desfiladero más que avanzando por una cresta estrecha como el filo de un cuchillo. Aquel paso tenía un centenar de metros de largo. En la parte más practicable, apenas alcanzaba los treinta centímetros de anchura. A ambos lados se abría el abismo. Un resbalón y quien intentara cruzarlo se precipitaría a su muerte por cualquiera de los dos lados. En cuanto lo cruzara, sin embargo, se encontraría en un paraíso terrenal. Un mar de vegetación bañaba el paisaje, vertiendo sus olas verdes de pared a pared, chorreando desde los bordes del precipicio en forma de masas enormes de enredaderas y arrojando una espuma de helechos y plantas aéreas por las grietas omnipresentes. Durante los muchos meses de reinado de Koolau, sus seguidores y él habían luchado contra aquel mar de vegetación. La selva asfixiante, con su tumulto de flores, había sido apartada de los plátanos, las naranjas y los mangos que crecían de forma silvestre. En los pequeños claros crecía el arruruz silvestre; en los salientes de roca, rellenados con tierra, estaban los sembrados de ñames y melones; y en cada espacio abierto adonde llegaba la luz del sol había papayos cargados de sus frutos dorados.

Koolau había sido expulsado de la parte baja del valle contigua a la playa a aquel refugio. Y si ahora también lo expulsaban de allí, conocía desfiladeros entre los picos escarpados de las fortalezas interiores donde podría vivir y liderar a sus súbditos. Ahora estaba apostado con su rifle al lado, espiando a través de una maraña impenetrable de follaje a los soldados de la playa. Se fijó en que llevaban armas de fuego de gran calibre, que la luz del sol hacía centellear como si fueran espejos. Tenía justo delante el paso angosto como el filo de un cuchillo. Y pudo ver figuritas minúsculas de hombres subiendo por el camino que llevaba a él. Sabía que no eran soldados, sino policías. Cuando estos fracasaran, entonces entrarían en escena los soldados.

Frotó afectuosamente el cañón de su rifle con una mano retorcida y se aseguró de que la mira estuviera limpia. Había aprendido a disparar cazando reses salvajes en la isla de Niihau, donde todavía perduraba en el recuerdo su pericia como tirador. Mientras las figuritas minúsculas de los hombres se acercaban y crecían, calculó la distancia, juzgó la desviación del viento que se cruzaba en ángulo recto con la línea de tiro y estimó las posibilidades de no acertar a unos blancos que todavía estaban muy por debajo de él. Pero no disparó. Hasta que llegaron al inicio del pasaje no dio a conocer su presencia. No reveló su posición, sino que habló desde la espesura.

—¿Qué queréis? —preguntó en tono imperioso.

—Buscamos a Koolau el Leproso —contestó el hombre que lideraba a la policía nativa, aunque era un americano de ojos azules.

—Tenéis que marcharos —dijo Koolau.

Conocía al hombre, un ayudante del aguacil, porque era él quien lo había expulsado de Niihau y de Kauai y lo había desterrado al valle de Kalalau, y del valle al desfiladero.

—¿Quién eres? —preguntó el alguacil.

—Soy Koolau el Leproso —fue su respuesta.

—Pues sal de ahí. Te queremos a ti. Vivo o muerto, hay una recompensa de mil dólares por tu cabeza. No tienes escapatoria.

Koolau se rio en voz alta desde la espesura.

—¡Sal! —le ordenó el alguacil, y obtuvo como respuesta el silencio.

El hombre departió con la policía, y Koolau vio que se estaban preparando para emprender el asalto.

—Koolau —dijo el alguacil—. Koolau, vengo a por ti.

—Pues antes mira bien el sol y el mar y el cielo, porque será la última vez que los contemples.

—Está bien, Koolau —dijo el alguacil en tono tranquilizador—. Sé que eres un tirador magnífico. Pero no me dispararás. Nunca te he hecho nada malo.

Koolau gruñó en la espesura.

—Digo que ya sabes que nunca te he hecho nada malo, ¿verdad que no? —insistió el alguacil.

—Me haces mal cuando me intentas meter en la cárcel —fue su respuesta—. Y me haces mal cuando intentas llevarte los mil dólares de la recompensa. Si quieres vivir, quédate donde estás.

—Tengo que venir a atraparte. Lo siento, pero es mi deber.

—Morirás antes de llegar al otro lado.

El alguacil no era ningún cobarde. Aun así, estaba indeciso. Contempló el abismo que se abría a ambos lados y recorrió con la mirada el angosto paso que debía cruzar. Por fin se decidió.

—Koolau —lo llamó.

Pero la espesura guardó silencio.

—Koolau, no dispares. Voy a cruzar.

El alguacil se giró, impartió unas órdenes a la policía y emprendió su peligrosa travesía. Avanzó despacio. Era como caminar por la cuerda floja. No tenía nada en que apoyarse más que el aire. La roca de lava se deshacía bajo sus pies y a ambos lados los fragmentos desprendidos se precipitaban al vacío. El sol le daba de lleno y tenía la cara húmeda de sudor. Pese a todo, siguió adelante, hasta llegar a la mitad del pasaje.

—¡Alto! —le ordenó Koolau desde la espesura—. ¡Un paso más y disparo!

El alguacil se detuvo y se bamboleó para mantener el equilibrio sobre el abismo. Tenía la cara pálida pero la mirada decidida. Se lamió los labios secos antes de hablar:

—Koolau, no me dispararás. Sé que no lo harás.

Y reanudó la marcha. La bala lo hizo girarse a medias. En la cara le quedó una expresión de sorpresa quejumbrosa mientras se tambaleaba, a punto de caer. Intentó salvarse a base de poner el cuerpo de través sobre el angosto paso, pero en aquel mismo momento vio la muerte. Al momento siguiente, no había nadie en el angosto paso. Luego vino la estampida: cinco policías, en fila india, con equilibrio soberbio, corriendo por el paso angosto como el filo de un cuchillo. Simultáneamente, el resto de la patrulla abrió fuego sobre la espesura. Fue una locura. En cinco ocasiones apretó el gatillo Koolau, tan deprisa que los disparos se fundieron en una ráfaga. Cambiando de posición y agachándose por debajo de las balas que mordían y silbaban por entre la maleza, se atrevió a asomarse. Cuatro de los policías habían seguido al alguacil. El quinto estaba tirado sobre el filo de cuchillo, todavía con vida. Al otro lado seguían los policías supervivientes, que ya habían dejado de disparar. Sobre la roca desnuda no había esperanza para ellos. Antes de que pudieran bajar de vuelta, Koolau ya habría abatido hasta al último de ellos. Pero no les disparó, y después de departir, uno de ellos se quitó una camiseta blanca y la hizo ondear a modo de bandera. Seguido de otro, avanzó por el filo del cuchillo hasta su camarada herido. Koolau no dio señales de vida, sino que vigiló cómo se retiraban lentamente y se volvían puntos lejanos mientras descendían a las profundidades del valle.

Al cabo de dos horas, y desde unos matorrales distintos, Koolau vio que otra patrulla de la policía intentaba realizar el ascenso desde el otro lado del valle. Vio huir de ellos a las cabras salvajes a medida que ascendían, hasta que dudó de su propio juicio y mandó buscar a Kiloliana, que gateó hasta su lado.

—No, es imposible —dijo Kiloliana.

—¿Y las cabras? —preguntó Koolau.

—Vienen del valle del lado, pero no pueden pasar a este. Es imposible. Esos hombres no son más sabios que las cabras. Se despeñarán. Miremos.

—Son valientes —dijo Koolau—. Miremos.

Permanecieron tumbados codo con codo entre las campanillas, con las flores amarillas del Hau cayéndoles encima desde las copas, y contemplaron cómo escalaban aquellas motas que eran hombres. Hasta que sucedió: tres de ellos perdieron pie, resbalaron, rodaron y se despeñaron por el borde de un precipicio a un vacío de trescientos metros.

Kiloliana soltó una risilla.

—No nos volverán a molestar —dijo.

—Tienen cañones —le replicó Koolau—. Los soldados no se han pronunciado todavía.

En la placidez de la tarde, la mayoría de los leprosos yacían dormidos en sus guaridas de la roca. Koolau, con el rifle en el regazo, recién lavado y listo, dormitaba en la entrada de su cueva. La moza del brazo retorcido estaba apostada más abajo, en la espesura, vigilando el pasaje estrecho como el filo de un cuchillo. De pronto a Koolau lo despertó abruptamente el ruido de una explosión en la playa. Al cabo de un instante la atmósfera entera se hendió. El terrible estruendo lo dejó aterrado. Fue como si todos los dioses hubieran cogido con las manos la envoltura del cielo y la estuvieran desgarrando, igual que hace una mujer con una tira de tela de algodón. Pero aquel era un desgarro descomunal, y se acercaba rápidamente. Koolau levantó la vista con aprensión, como si esperara ver aquello que se acercaba. Luego, en las alturas del barranco, estalló el mortero en medio de una fuente de humo negro. La roca reventó en pedazos y los fragmentos cayeron a los pies del precipicio.

Koolau se pasó la mano por el ceño sudoroso. Estaba terriblemente agitado. No tenía experiencia alguna con el fuego de mortero, y le pareció más temible que nada que hubiera imaginado.

—Uno —dijo Kapahei, que de pronto había asumido la tarea de llevar la cuenta.

Un segundo y un tercer mortero volaron aullando por encima de la cúspide del barranco y explotaron fuera de la vista. Kapahei llevó la cuenta metódicamente. Los leprosos se agolparon en el espacio abierto de delante de las cuevas. Al principio estaban aterrados, pero a medida que los morteros seguían volando hacia las alturas, se tranquilizaron y empezaron a admirar el espectáculo. Los dos idiotas chillaban encantados, haciendo cabriolas descabelladas cada vez que un mortero pasaba torturando el aire. Koolau empezó a recobrar la confianza en sí mismo. Los atacantes no estaban causando daño alguno. Saltaba a la vista que no podían apuntar con aquellos proyectiles tan grandes y a distancias tan largas con la misma precisión que un rifle.

Pero entonces la situación cambió. Los morteros empezaron a caer más cerca. Uno estalló más abajo, en la maleza de enfrente del filo de cuchillo. Koolau se acordó de la moza que estaba allí apostada vigilando, y bajó corriendo a ver. Cuando se metió entre la espesura, todavía se elevaba el humo de la maleza. Se quedó estupefacto. Las ramas estaban rotas y astilladas. Allí donde había estado la chica ahora solo había un hoyo en el suelo. La chica había quedado hecha añicos. El mortero la había alcanzado de lleno.

Asomándose primero para asegurarse de que no hubiera soldados intentando cruzar por el paso, Koolau echó a correr de vuelta a las cuevas. Y durante todo el tiempo los morteros siguieron aullando, gimiendo y silbando, y las explosiones retumbando y reverberando por el valle. Cuando tuvo las cuevas a la vista, vio a los dos idiotas retozando, cogidos de las manos con sus muñones de dedos. Mientras corría, advirtió que se elevaba del suelo un penacho de humo negro, cerca de los idiotas. La explosión los lanzó por los aires. Uno se quedó inmóvil, pero el otro empezó a arrastrarse con las manos en dirección a la cueva. Las piernas se le arrastraban inertes detrás y la sangre le manaba del cuerpo. Parecía bañado en sangre, e iba lloriqueando como un perrillo mientras se arrastraba. El resto de los leprosos, a excepción de Kapahei, habían huido a las cuevas.

—Diecisiete —dijo Kapahei—. Dieciocho —añadió.

El último mortero había entrado justo en una de las cuevas. La explosión hizo que se vaciaran todas, pero de esa cueva en concreto no emergió nadie. Koolau se adentró en el humo cáustico y acre. Por el suelo yacían cuatro cuerpos, terriblemente destrozados. Uno de ellos era la mujer ciega cuyas lágrimas nunca habían cesado, hasta aquel momento.

Fuera, Koolau encontró a su gente presa del pánico y empezando ya a subir por el sendero de cabras que salía del desfiladero y llevaba a las cúspides y a los barrancos escarpados. El idiota herido, gimiendo débilmente y arrastrándose por el suelo con las manos, intentaba seguirlos. Pero al empezar a elevarse el terreno, su impotencia lo venció y cayó hacia atrás.

—Sería mejor matarlo —le dijo Koolau a Kapahei, que seguía sentado en el mismo sitio.

—Veintidós —contestó Kapahei—. Sí, matarlo sería lo más juicioso. Veintitrés. Veinticuatro.

El idiota soltó un lamento brusco cuando vio que lo apuntaba el rifle. Koolau vaciló y bajó el arma.

—Es duro —dijo.

—Eres un necio. Veintiséis. Veintisiete —dijo Kapahei—. Deja que te enseñe.

Se levantó y se acercó a la criatura herida llevando en la mano un pesado fragmento de roca. Cuando estaba cogiendo impulso con el brazo para golpear, un mortero lo alcanzó de lleno, liberándolo de la necesidad del acto y al mismo tiempo poniendo fin a su cuenta.

Koolau se había quedado solo en el desfiladero. Vio cómo lo que quedaba de su gente arrastraba sus cuerpos lisiados hasta la cúspide y desaparecía al otro lado. Después se giró y regresó a la espesura donde había muerto la moza. El fuego de mortero no se había interrumpido, pero se quedó allí, porque a lo lejos podía ver que los soldados estaban ascendiendo. Un mortero le explotó a tres metros. Con el cuerpo pegado al suelo, sintió la lluvia de fragmentos que le caía encima. Luego le cayó un diluvio de flores de Hau. Levantó la cabeza para asomarse al camino y suspiró. Estaba muerto de miedo. Si fueran balas de rifles, no se habría preocupado, pero aquel fuego de mortero era abominable. Cada vez que le aullaba uno cerca se echaba a temblar y se encogía; pero cada vez volvía a levantar la cabeza para vigilar el camino.

Por fin se interrumpieron los morteros. Dedujo que esto se debía a que se estaban acercando los soldados. Se acercaban por el sendero en fila india, y estuvo tratando de contarlos hasta que perdió la cuenta. En cualquier caso, había aproximadamente un centenar, y todos venían a por Koolau el Leproso. Sintió una punzada fugaz de orgullo. Armados con cañones y rifles, la policía y los soldados venían a por él, y no era más que un hombre, y encima un lisiado. Ofrecían un millar de dólares por él, vivo o muerto. En toda su vida no había poseído semejante cantidad. Era una idea amarga. Kapahei había tenido razón. Él, Koolau, no había hecho nada malo. Como los haoles querían mano de obra que trabajara sus tierras robadas, habían traído a los culis chinos, y con ellos había venido la enfermedad. Y ahora, como él también la había contraído, su precio era de mil dólares. Pero no era él quien los valía. Era su cadáver sin valor alguno, descompuesto por la enfermedad o muerto por el estallido de un mortero, el que valía aquel dinero.

Cuando los soldados llegaron al paso angosto como un filo de cuchillo, se dispuso a avisarlos. Pero entonces su mirada recayó en la moza asesinada y guardó silencio. Cuando seis de ellos ya se habían aventurado por el filo de cuchillo, abrió fuego. Y no se detuvo cuando el paso quedó vacío. Vació la recámara, recargó y volvió a vaciarla. Y siguió disparando. Todos sus agravios le llameaban en el cerebro, haciéndolo prisionero de la furia vengativa. Por todo el sendero de cabras los soldados se dedicaban a disparar, y aunque estaban tumbados y trataban de cobijarse en los baches poco profundos de la superficie, seguían siendo blancos fáciles para él. Las balas silbaban e impactaban a su alrededor, y algún que otro proyectil rebotado reverberó súbitamente por el aire. Una de las balas le abrió un surco en el cuero cabelludo, y una segunda le quemó el omóplato sin traspasarle la piel.

Era una masacre en la que un solo hombre mataba a todos los demás. Los soldados empezaron a retirarse, ayudando por el camino a los heridos. Mientras los iba liquidando, Koolau notó un olor a carne quemada. Primero echó un vistazo a su alrededor, hasta que descubrió que venía de sus manos. Lo estaba causando el calor del rifle. La lepra le había destruido la mayor parte de los nervios de las manos. Aunque se le estaba quemando la carne y él lo podía oler, no experimentaba sensación alguna.

Se quedó tumbado en la espesura, sonriendo, hasta que se acordó de los cañones. Estaba claro que iban a volver a abrir fuego sobre él, y esta vez apuntando a la misma maleza desde la que había infligido tanto daño. Apenas acababa de trasladarse a un recoveco situado tras un pequeño recodo de la pared de roca, donde había notado que no caían morteros, cuando se reanudó el bombardeo. Se dedicó a contar los morteros. Cayeron sesenta más en el barranco antes de que enmudecieran los cañones. Los hoyos de sus explosiones llenaron el área diminuta, hasta que pareció imposible que pudiera haber sobrevivido ninguna criatura. O eso debieron de pensar los soldados, porque, bajo el sol ardiente de la tarde, volvieron a subir por el sendero de cabras. Y de nuevo se reanudó la disputa en el paso angosto como un filo de cuchillo, y de nuevo los asaltantes fueron obligados a retirarse a la playa.

Durante dos días más, Koolau defendió el paso, aunque los soldados se contentaban con tirar morteros a su refugio. Luego Pahau, un muchacho del grupo de leprosos, apareció en lo alto de la pared trasera del desfiladero y le avisó a gritos de que Kiloliana, mientras cazaba cabras para que pudieran comer, se había despeñado y había muerto, y de que las mujeres estaban asustadas y no sabían qué hacer. Koolau le dijo al chico que bajara y lo dejó allí con una pistola para que protegiera el paso. Koolau encontró a su gente desanimada. La mayoría eran incapaces de recolectar comida en aquellas circunstancias tan intimidatorias, y se estaban muriendo de hambre. Eligió a dos mujeres y a un hombre que no estaban demasiado consumidos por la enfermedad y los mandó de regreso al desfiladero para que subieran comida y esteras. A los demás los animó y los consoló hasta que incluso los más débiles se pusieron a echar una mano en la construcción de toscos refugios.

Pero aquellos a quienes había mandado a por comida no volvieron, de forma que Koolau emprendió el regreso al desfiladero. En cuanto se asomó al borde de la pared de roca, detonaron una docena de rifles. Una bala le atravesó la parte carnosa del hombro y una esquirla de roca arrancada por una segunda bala que impactó en el barranco le hizo un corte en la mejilla. En el momento mismo en que sucedió esto, y se apartó de un salto, vio que el desfiladero estaba infestado de soldados. Lo había traicionado su propia gente. El ataque con morteros había sido tan terrible que los había llevado a preferir la cárcel de Molokai.

Koolau se puso a cubierto y se sacó uno de sus pesados cinturones de munición. Tumbado entre las rocas, permitió que emergieran con claridad la cabeza y los hombros del primer soldado antes de apretar el gatillo. Esto sucedió dos veces, y a continuación, después de una pausa, en lugar de una cabeza y unos hombros lo que asomó por encima del borde de la pared de roca fue una bandera blanca.

—¿Qué queréis? —preguntó en tono imperioso.

—Te quiero a ti, si eres Koolau el Leproso —fue la respuesta.

Koolau se olvidó de dónde estaba, se olvidó de todo, maravillado por la extraña persistencia de aquellos haoles, decididos a salirse con la suya aunque se les cayera el cielo encima. Sí, estaban decididos a imponer su ley sobre todos los hombres y todas las cosas, por mucho que murieran en el intento. No podía evitar admirarlos, con aquella voluntad que era más fuerte que la vida y que todo lo doblegaba a su capricho. Estaba convencido de la inutilidad de su lucha. Nada podía negar la voluntad terrible de los haoles. Aunque matara a un millar, se elevarían igualmente como las arenas del mar y se le echarían encima, en números cada vez mayores. Eran incapaces de aceptar la derrota. Era su defecto y a la vez su virtud. Era justamente eso de lo que carecía su gente. Se daba cuenta por fin de cómo habían conquistado las islas los predicadores de Dios y los predicadores del Ron. Había sido porque...

—Bueno, ¿qué dices? ¿Aceptas venir conmigo?

Era la voz del hombre invisible bajo la bandera blanca. Allí estaba, como cualquier otro haole, dispuesto a alcanzar su meta pasara lo que pasara.

—Hablemos —dijo Koolau.

Asomaron la cabeza y los hombros del tipo, seguidos de su cuerpo entero. Era un jovenzuelo de unos veinticinco años, imberbe y de ojos azules, esbelto y acicalado con su uniforme de capitán. Avanzó hasta detenerse y tomó asiento a una docena de pasos.

—Eres valiente —dijo Koolau con admiración—. Te podría matar como a una mosca.

—No, no podrías —fue la respuesta.

—¿Por qué no?

—Porque eres un hombre, Koolau, aunque seas malo. Conozco tu historia. Matas con justicia.

Koolau gruñó, pero en secreto se sintió complacido.

—¿Qué has hecho con mi gente? —exigió saber—. ¿Con el chico, las dos mujeres y el hombre?

—Se han entregado, que es lo que he venido a pedirte que hagas.

Koolau se rio, incrédulo.

—Soy un hombre libre —anunció—. No he hecho nada malo. Lo único que pido es que me dejéis en paz. He vivido libre y libre moriré. Jamás me entregaré.

—Entonces tu gente es más sabia que tú —contestó el joven capitán—. Mira, ya están viniendo.

Koolau se giró y vio acercarse al resto de su grupo. Gimiendo y suspirando, en procesión fantasmal, pasaron arrastrando su miseria. Y le fue dado a Koolau probar una amargura todavía mayor, ya que al pasar lo cubrieron de imprecaciones e insultos; y la vieja jadeante que iba la última de la procesión se detuvo y, extendiendo unas zarpas flacas de arpía, y meneando de lado a lado su calavera siniestra, le lanzó una maldición. Uno por uno bajaron por el borde del precipicio y se rindieron a los soldados emboscados.

—Ya puedes irte —le dijo Koolau al capitán—. No me entregaré nunca. Es mi última palabra. Adiós.

El capitán descendió el barranco para reunirse con sus soldados. Al cabo de un momento, y sin ondear la bandera de tregua, levantó su gorra con la vaina de la espada y Koolau la atravesó de un balazo. Aquella tarde lo estuvieron bombardeando desde la playa, y a medida que se fue retirando a los recovecos más alejados e inaccesibles, los soldados lo fueron siguiendo.

Seis semanas pasaron persiguiéndolo de reducto en reducto, por las cimas volcánicas y los senderos de cabras. Cuando se escondió en la selva de cariaquitos, formaron líneas de batidores, y lo forzaron a salir de la selva de cariaquitos y de los guayabos como si fuera un conejo. Pero siempre conseguía dar la vuelta, desandar sus pasos y eludirlos. No había forma de arrinconarlo. Cuando lo hostigaban demasiado de cerca, su certero rifle los mantenía a raya y ellos se llevaban a sus heridos por los senderos de cabras de vuelta a la playa. Había ocasiones en que eran ellos quienes disparaban, cuando el cuerpo moreno de Koolau asomaba momentáneamente por entre los matorrales. Una vez, cinco de ellos lo sorprendieron en un sendero al descubierto que iba de un escondite a otro. Vaciaron sus rifles sobre él mientras se alejaba renqueando y tambaleándose. Después encontraron manchas de sangre y supieron que estaba herido. Tardaron seis semanas en rendirse. Los soldados y la policía regresaron a Honolulu y Koolau se quedó con el valle de Kalalau para él solo, aunque de vez en cuando se aventuraba a buscarlo algún cazarrecompensas, solo para encontrar la muerte.

Dos años más tarde, y por última vez, Koolau se metió en una arboleda y se tumbó entre las hojas del Ti y las flores del jengibre silvestre. Había vivido libre, y libre estaba muriendo. Empezó a caer una ligera llovizna y se echó una manta raída sobre el amasijo deforme de sus brazos. Iba abrigado con un chaquetón impermeable. Se colocó sobre el pecho su rifle Mauser y dedicó un momento a secar afectuosamente la humedad del cañón. A la mano con que lo secó ya no le quedaban dedos para apretar el gatillo.

Cerró los ojos, porque la debilidad de su cuerpo y la confusión de su mente nublada le decían que se acercaba su fin. Igual que un animal salvaje, se había escondido para morir. Semiconsciente, sin rumbo y errático, regresó con la mente a su mocedad en Niihau. A medida que la vida se le agotaba y dejaba de oír el goteo de la lluvia, le pareció que volvía a estar enfrascado en la doma de caballos, a lomos de potros salvajes encabritados, con los estribos atados entre sí por debajo, o bien cargando frenéticos por el corral de doma y obligando a los vaqueros que lo ayudaban a saltar por encima de las barandas. Al cabo de un instante, y con naturalidad aparente, se encontró a sí mismo persiguiendo a los toros salvajes de los pastos altos, echándoles el lazo y conduciéndolos a los valles. El sudor y el polvo del hierro de marcar le volvieron a escocer en los ojos y a quemarle las narices.

Regresaron a él todo el vigor y el deseo de la juventud, hasta que los dolores afilados de la disolución inminente lo trajeron de vuelta al presente. Levantó las manos monstruosas y se las miró con asombro. Pero ¿cómo? ¿Por qué? ¿Por qué tenía que convertirse en esto el vigor de aquella juventud salvaje? Y entonces se acordó, una vez más y momentáneamente, de que era Koolau el Leproso. Los párpados se le cerraron, exhaustos, y el goteo de la lluvia cesó en sus oídos. Un temblor prolongado se adueñó de su cuerpo. Pero también cesó. Levantó la cabeza a medias, pero le cayó de vuelta. Luego abrió los ojos y ya no los cerró. Su último pensamiento fue para su Mauser, y se lo abrazó contra el pecho con sus manos juntas y sin dedos.

Austral Cuentos ofrece al lector breves antologías de relatos de los mejores escritores de todos los tiempos.

AUTORES DE LA SERIE UNIVERSAL

Antón Chéjov

Joseph Conrad

F. Scott Fitzgerald

E. T. A. Hoffmann

Franz Kafka

Jack London

Katherine Mansfield

Bram Stoker

Oscar Wilde

Virginia Woolf

AUTORES DE LA SERIE ESPAÑOLES Y LATINOAMERICANOS

Rosa Chacel

Emilia Pardo Bazán

Ramón del Valle-Inclán

AUSTRAL